サラリーマン川柳

選
やくみつる
やすみりえ
第一生命

いっしん傑作選

NHK出版 編

新しい気持ちで

第一生命

『サラリーマン川柳　いっしん傑作選』をお手に取ってくださった皆様、ありがとうございます。今年もこうしてサラリーマン川柳傑作選をお届けできますこと、本当に嬉しく思います。

一九八七年に募集を開始しましたサラリーマン川柳も、第三十四回を迎えることができました。永きにわたる皆様のご愛顧に感謝申し上げます。

二〇二〇年、誰もが思いもしなかった状況が世界を襲いました。いまだ収束の気配がない新型コロナウイルス感染症の蔓延。全てにおいて自粛を余儀なくされ、私たちの生活は一変しました。その影響は老若男女を問いません。ストレスを溜め込んでいる人や、近所の閉店の貼り紙に心を痛めた人も多いはず。生活するだけで精一杯、「川柳どころじゃないよ！」そう思われても仕方がないと思っておりました。ところが、あに図らんや、嬉しいことにフタを開けてみると前回よりも多くの投句をいただきました。なんと六万二〇〇〇を超える句の数々。やはり、転んでもただでは起きないサラ川諸氏。新しい生活様式の中での悲喜こもごもを見事に句にして送ってくださいました。ご応募いただいた皆様、本当にありがとうございました。お寄せいただいたサラ川で、ぜひ世の中に元気と笑いをお送りしたいと思います。

今回は、気持ちの一新、生活の一新、様々な思いを込めて「いっしん傑作選」と題してお届けいたします。楽しんでいただけましたら幸いです。

サラリーマン川柳いっしん傑作選

目次

※掲載した作品の一部は、編集部の方針で表記を訂正しています。
※雅号は、すべて応募者の表記にしたがっているため、一部当て字等での表記で掲載しています。

選者紹介

やくみつる
Yaku Mitsuru

1959年、東京都世田谷区生まれ。漫画家。早稲田大学商学部を卒業後、出版社勤務を経て、漫画家デビュー。96年に第42回文藝春秋漫画賞を受賞。

テレビのコメンテーターやエッセイストとしても活躍し、好角家として日本相撲協会外部委員も務めた。世界のトイレットペーパーや有名人のタバコの吸殻など珍品コレクターとしても知られ、YouTube「やくみつるの秘宝館」配信中。日本昆虫協会副会長。週刊誌などへの雑誌連載も多数。

やすみりえ
Yasumi Rie

1972年生まれ。兵庫県神戸市出身。川柳作家。テレビ・ラジオ・新聞・雑誌の川柳コーナーを多数担当し、企業や各種団体の主催する公募川柳コンテストの選者・監修も務める。また、初心者向けの川柳教室なども各地で開催し、川柳の普及や表現の楽しさを伝える活動を幅広く展開している。著書として句集『ハッピーエンドにさせてくれない神様ね』『召しませ、川柳』、監修『50歳からはじめる、俳句・川柳・短歌の教科書』等多数。全日本川柳協会会員。日本文藝家協会会員。兵庫県宝塚市大使。高知県観光特使。

第一生命
Dai-ichi Life

1902年9月15日、日本で最初の相互主義による保険会社として設立され、2010年4月、株式会社へ組織変更する。1987年、第1回「第一生命サラリーマン川柳コンクール」を開始し、全国から句の募集を行う。その優秀作は大きな話題となり、各地での「サラ川」ブームのきっかけとなる。今回の募集でサラリーマン川柳は34回を迎え、過去からの応募総数は130万句を超えた。ユーモアに富んだ句のそれぞれが、世相や時代を反映するものとして、大きな注目を集め続けている。

第一章

第三十四回サラリーマン川柳

ベストテン

第一生命・やくみつる・やすみりえ

サラ川ファンの皆様！
全国約十万一千人からの人気投票による第一生命選と、
サラ川ご意見番の漫画家・やくみつる選、川柳作家・やすみりえ選による
第三十四回サラリーマン川柳ベストテンをお披露目いたします。

第一生命選　全国人気投票ベストテン

第一生命ベスト 1 四三三一票

会社へは
来るなと上司
行けと妻

なかじ

第一生命ベスト 2 三四四六票

十万円
見る事もなく
妻のもの

はかなき夢

給付金

第一生命ベスト3　三三一五票

リモートで
便利な言葉
〝聞こえません！〟

リモートの達人

第一生命ベスト4　二八八五票

嫁の呼吸
五感で感じろ！
全集中!!!

鬼嫁一家

第一生命ベスト5 二六八一票

じいちゃんにJ.Y.Parkの場所聞かれ

けえぽつぷ

第一生命ベスト 6 二五二八票

我が部署は次世代おらず5《ファイブ》爺《ジイ》

松庵

第一生命ベスト 7 二四五一票

お父さん
マスクも会話も
よくずれる

さごじょう

第一生命ベスト8　二三八五票

YOASOBIが
大好きと言い
父あせる

テンビ

YOASOBI

第一生命ベスト 9 二三六八票

お若いと
言われマスクを
外せない

エチケット

第一生命ベスト10　二三二六票

抱き上げた
孫が一言
密ですよ

白いカラス

密

総評　第一生命

コロナで一新！

一九八七年にスタートしました「サラリーマン川柳コンクール」は、今回で三十四回目を迎えることができました。これも、ひとえに皆様のお力添えのおかげです。この場をお借りしまして、心より御礼申し上げます。

さて、第三十四回コンクールは、コロナ禍という、誰もが考えもしなかった未曽有の事態の中での開催となりました。働き方や家での過ごし方、生活様式が大きく変化したことにより、さまざまな方が苦労や戸惑い、またストレスを感じた年ではないでしょうか。

そのような中でも、ユーモアを忘れないサラリーマン川柳は健在でした。どんな苦労もあえて笑い飛ばせ！　とばかりに、「くすっ」と笑ってしまう、「あるある」

とうなずいてしまうような作品ばかりが集まりました。

今回の応募総数は六二、五四二句。弊社にて選定した優秀作品一〇〇句に対し、全国人気投票を実施した結果、栄えある第1位に選ばれた句がこちらです。

会社へは来るなと上司行けと妻　なかじ

新型コロナウイルスの世界的流行をきっかけにテレワークを導入する企業が増加。突然の働き方の変化に戸惑うサラリーマンの姿を、定番の上司ネタ・夫婦ネタを組み合わせて表現した見事な作品です。上司と妻に挟まれて右往左往する姿を悲哀たっぷりに、でもくすっと笑ってしまう句になっていることが多くの方に支持された理由ではないでしょうか。

お若いと言われマスクを外せない　エチケット（第一生命選9位）

アイメイク仕上げにマスク時短術　コダクさん（第一生命選14位）

昨年、新たに加わったドレスコードは「マスク」でした。煩わしいと思われがちなこのアイテムもサラ川になると……、ユーモアたっぷりで思わずマスクの下で笑顔になる句が支持されました。

妻の呼吸五感で感じろ！全集中!!!　鬼嫁一家（第一生命選4位）

子は鬼滅夫婦は亀裂おうち時間　ねこのすけ（第一生命選30位）

二〇二〇年、子どもも大人も夢中になったのが「きめつ」でした。アニメ「鬼滅の刃」が大流行。サラ川にもその波が到来し、多くの句が詠まれました。アニメの世界を日常生活にうまく取り込んだ句が見事第4位に選ばれました。

テレワークいつもと違う父を知る　秋乃アキ（第一生命選34位）

会社では偉そうなのねと妻が言う　テレワークの弊害（第一生命選56位）

遊ぼうよ！息子よ、パパは仕事中　ぽぽるん（第一生命選80位）

テレワークは、おうちにいる家族にも影響大。普段見た事のない家族の姿を見たり、見られたり。お子さまがテレビ会議に乱入する姿も日常になり、この年ならではの「あるある」な出来事が多くの方の共感を得ました。

サラリーマン川柳は、例年、流行・世相を鏡のように映し出し、職場や家庭の日常を巧みに重ねた名句を生み出してきました。

第三十四回は、ｗｉｔｈコロナの生活の中、どのような状況でも笑いを忘れない「強さ」も映し出す鏡となりました。次回はどのような景色が映し出されるか、ご期待いただければ幸いです。

第一生命サラリーマン川柳は、これからも皆様に支えられながら、いつまでも、どこまでも続けていく所存です。

今後も変わらぬご支援をよろしくお願い申し上げます。

やくみつる選　ベストテン

やくみつるベスト 1

海の日も
山の日もなく
夏終わる

りょうれいm・ic

海山は
遠きにありて
思うもの

やくみつるベスト 2

飼い犬に
言ってた「ステイ」
今、我が身

モカジャバ

「おあずけ！」で　ポチの後なり
おらがめし
POCHI

やくみつるベスト 3

ストレスは
娘ぴえんで
俺胃炎

遅れてきた猫☆

ストレスの
シワ寄せ 被る
ママぱおん
ぴえん。
胃炎
ぱおーん。

やくみつるベスト4

ウイルスに
負けるな手洗い
全集中

七色とうがらし

ウイルスの
生殺与奪
手を洗え

居場所なく庭で始めるソロキャンプ

のりぞー

ソロキャンプ
負けるな亭主
庭にあり

やくみつるベスト 6

七度五分
昔は出勤
今は出禁《できん》

自宅警護自衛官

37.5c
七度五分
疑うべきは
まずコロナ

買ってきて
俺は我が家の
ウーバーか

めがね家族

配送料いただきますと言えぬまま
Oyaji Eats

エコなのか
どんどん増える
マイバック

忘れん坊

エコバッグ
回収ゴミと　なりぬべし

やくみつるベスト 9

目標は
年金受給と
いう我が子

シュー

生き延びて
廿二世紀
ゼロ年金？
ガーン
AIロボニュース
年金が
破綻
シマシタ

還暦を
赤いマスクで
祝う会

ワイさん

＊あかいろでぬってね——みつる

世の中劇変

総評　やくみつる

いや〜〜〜〜、そうなるだろうとは予想はしていたけれど、令和二年度に募集したサラリーマン川柳はまさに新型コロナウイルス一色！　そりゃそうだろう。明治維新や太平洋戦争終戦もかくやと思われるほどの、世の中劇変。それがこのタイミングで、しかもウイルスによってもたらされるなどと誰が想像したろう。

サラリーマン諸氏の勤務形態も、通勤事情も、アフター5も、そして当然ながら家庭環境も、その悉くがほんの数週間のうちにガラリと変わってしまった。そしてこのコロナ禍の始末の悪いところは、その出口が見えないことだ。もう元の世界には戻れないのではないかという不安が現実のものとなりつつあるようにすら見える。当初はワクチン接種さえ済ませれば——と今から思えばおめでた過ぎる楽観論もあったが、アレはいったい何だったのだ？　大多数を占める〝後回し組〟がようやく接種を受けられる頃には、先陣を切って接種を受けた医療従事者や、そこに続いた高齢者の方々などのワクチンの効果は切れてしまわないのか？　となれば再接種。ワクチンの無限ループとなってしまわないのかしらん。ことさらに不安を煽りたくはないのだけれど。

　ではそんなコロナ禍の中の「やく選十傑」を——

海の日も山の日もなく夏終わる　りょうれいｍｉｃ（やく選1位）

　これは実感ですねえ。不要不急の外出も、都道府県境を越えての外出も自粛せよと言われれば付き従うが、いよよ募るは自然への誘《いざな》い。あの束の間浸れる開放感のために、日々刻苦勉励に堪えているのだもの。

飼い犬に言ってた「ステイ」今、我が身　モカジャバ（やく選2位）

小池百合子東京都知事が当初は口を開けば「ステイ　ホーム」とおっしゃっていましたものね。それと入れ替わるように、語学留学の「ホームステイ」は今やすっかり死語に。

ストレスは娘ぴえんで俺胃炎　遅れてきた猫☆（やく選3位）

陰々滅々となる中、こういうの好き（笑）。けれど、娘っコたちの嘆きは言葉の響きこそマンガの擬音みたいに軽いが、その心の内は暗く、重苦しいと思いますよ。逆に、どこまでも落ち込みかねない状況を少しでも緩和すべく生み出されたのが「ぴえん」なる造語なのだとしたら――。私は日頃、若者の心に寄り添うなどということは、まぁ、ないのだけれど、さすがに同情しますもん。

ウイルスに負けるな手洗い全集中　七色とうがらし（やく選4位）

実際、本当にまめに手を洗い、うがいをするようになりましたね。それと手指のアルコール消毒。そこに、「鬼滅の刃」のパワーワード「全集中」を絡めて入選。

多数の同工の句が予想される中、集団から抜きん出るには、この合わせ技が有用です。

居場所なく庭で始めるソロキャンプ　のりぞー（やく選５位）

自虐のつもりだったのかもしれませんが、なんと羨ましい住宅事情。というかコレはネタかな？　さて、そんなソロキャンプの第一人者、お笑い芸人のヒロシさんが野外で楽しむ様子を紹介する番組があるが、カメラがまわっているソロキャンプとはこれ如何に。そこには最低人数に絞っているとしてもスタッフも同行しているはずで、「ガラスの部屋」をＢＧＭに流しつつ「お願いだから　一人にしてほしいとです」とこぼしていそうな。

七度五分昔は出勤今は出禁《できん》　自宅警護自衛官（やく選６位）

平熱が三十五度台半ばと低い私は、何かのハズミで三十六度、一、二分の数字が出ただけで「スワッ！　コロナ？」と大騒ぎしますが。先日、自宅近所のキリスト教会の庭が一般公開されると聞いて出かけた。客は私ども夫婦だけだったが、受付テントには区から派遣されたと思しき係員氏が非接触型体温計を持って待ち構えていた。検温をクリアして入園を許可されたが、そのオッサンがまさかのノーマスク。それってどうなのよ。

買ってきて俺は我が家のウーバーか　めがね家族（やく選7位・第一生命選31位）

単に「お使いに行ってきて」という日常の風景ながら、ウーバーを引き合いに出すことで川柳に昇華した。いや、まさか、お使いの指令あるまで、自宅玄関先で待機させられているとか？

エコなのかどんどん増えるマイバック　忘れん坊（やく選8位・第一生命選11位）

これはホント、どうにかしませんと。我が家でも買ったわけでもないエコバッグが二十枚くらいある。その中には母校の同窓会から依頼され、私が描いたイラストをあしらった一枚も。発注を受けた際、今さらエコバッグを増やされて喜ぶ人もいまいと思ったが――。

目標は年金受給という我が子　シュー（やく選９位）

コレはシャレになりませんて。子供を持ち出すまでもなく、もうじきお世話になるであろう私のような年代の者でさえ、本当に受け取れるのだろうかと心配になってくる。二十二世紀に受給年齢に達しているであろうお子たちは、くれぐれもあてになさいませんよう。

還暦を赤いマスクで祝う会　ワイさん（やく選10位）

ウチのカミさんもコロナ禍まっ只中のこの春に還暦を迎えたが、もちろん祝いの会などはナシ。代わりに大相撲の某親方が発起人となって、祝還暦のメッセージ文集を編んでくれた。スー女冥利に尽きるとカミさん、感激することしきりでした。

やすみりえベスト 1

やすみりえ選 ベストテン

あの密を
恋しがる日が
くるなんて

めめりん

やすみりえベスト2

湯に浸かり
心のマスク
外す時間《とき》

ビンちゃん

下書きの
送信キーを
猫が押し

油断在宅

やすみりえベスト 4

バーチャルの
背景ぐらい
エーゲ海

ゴーツー待子

やすみりえベスト 5

「行ってくる」
ふすま一枚
テレワーク

今日も出勤

やすみりえベスト 6

どの店も
ドレスコードは
マスクあり

もやし

飲み会の
会場さがし
家の中

ひだっち

やすみりえベスト 8

孫見たさ
一気に進む
ＩＴ化

鵜

やすみりえベスト 9

激論も
パジャマ姿の
下半身

王様の耳

やすみりえベスト10

1日の
長さを感じ
テレワーク

テレワークおやじ

コロナ禍の日々が川柳に

総評　やすみりえ

突然もたらされた生活の変化。私たちを取り巻くいつもの風景や人との係わり方も新たなものへと移りました。そんな日々に詠まれたサラリーマン川柳の数々は、このコロナ禍をリアルに伝えるものとなっています。

実は私、心配していました。もしや、いくらサラ川を愛する皆さんでも「こんなご時世に川柳詠んでる場合じゃないよ」と今年度は応募数も内容も乏しいものになってしまうのではないかと。でもそれは全くの杞憂《きゆう》でした。川柳はこんな時こそ心のオアシス。一句が心を繋げたり、思わず、笑顔がこぼれたり。ということで、やすみりえ選のベスト10句、自信をもってお届けします！

あの密を恋しがる日がくるなんて　めめりん（やすみ選1位・第一生命選63位）

これまでの日常を懐かしく感じることも多かったこの一年。こちらの句は、満員電車に揺られている光景がすぐさま浮かんできました。「嫌だなぁ、乗りたくないなぁ」と思っても通勤のためには仕方がなかった満員電車。見知らぬ人々とあんなにギュウギュウと、時には不快感も味わいながら押しくらまんじゅう状態だったあの空間。下五の「くるなんて」という呟きのような言葉が、今の私たちのなんともしがたい状況を言い表しています。

湯に浸かり心のマスク外す時間《とき》　ピンちゃん（やすみ選2位）

「湯に浸かり～」とくれば、これまでは旅先の風情ある温泉でゆったり詠まれたような川柳を多く見受けてきました。ですが、この一句は、心落ち着かない生活の中からのもの。自宅のバスルームで味わうささやかな癒しのひとときが描かれています。「心のマスク」という表現が秀逸ですね。

下書きの送信キーを猫が押し　油断在宅（やすみ選3位・第一生命選19位）

在宅ワークでの一コマが登場しました。まさかの送信に、さぞかし慌てたことだと想像できます。ほんの少しパソコンを離れた隙の出来事だったのでしょう。「にゃー」というかわいい声で謝られたら、許すしかなさそう。でも、気ままな猫ちゃんはまた素知らぬ顔で送信キーを押しにくるかもしれませんね。この句が「下書きの送信キーを部下が押し」だったら、また別の展開になりそうです（笑）。

バーチャルの背景ぐらいエーゲ海　ゴーツー待子（やすみ選4位）

この〝背景ネタ〟は今年度多くの方が詠まれたもののひとつでした。どんな背景をチョイスしているかで、その人の好みや趣味が垣間見えるのでなかなか面白いツールですよね。

リモートが繋がったら、まずは背景の話題で盛り上がったりすることもしばしば。この句の場合、しばらく行くことのかなわない遠い場所への思いが〝エーゲ海〟

と具体的に詠んだことで伝わってきました。

「行ってくる」ふすま一枚テレワーク　今日も出勤
（やすみ選5位・第一生命選34位）

テレワークでも、「行ってくる」の一言でお仕事モードに。どうしてもメリハリが少なくなってしまう在宅ワーク姿が浮かびます。ふすま一枚がオンオフの切り替えに役立っているという様子に、自分の姿を重ねる人も多いのではないでしょうか。

どの店もドレスコードはマスクあり　もやし（やすみ選6位）

いつでもどこでもマスクと一緒。もはやマスクを体の一部のように感じることもしばしばです。〝ドレスコード〟にはいくつかの分類があるものの、そのどの装いにも「マスク」は必須アイテムとなっているのですから、この句には川柳に欠かせない「納得と共感」がありますよね。

飲み会の会場さがし家の中　ひだっち（やすみ選7位・第一生命選67位）

先の掲出句「バーチャルの背景ぐらいエーゲ海」と同様、背景に気を遣っているご様子のこの一句。〝この角度だと片付いていない場所が映っちゃう〟だの〝家族の邪魔にならないようなスペースで〟なんてあれこれ考えていると、あれっ？　まるで会場さがしの時と同じでは。ガラリと変わった生活の中に、変らぬ感覚を見つけた可笑しさが句になりました。

孫見たさ一気に進むＩＴ化　鶉（やすみ選8位）

会いたい人となかなか直接会えないもどかしさ。その距離を縮めてくれる便利なツールを使わない手はありませんね。とはいえ、そう簡単に環境が整うわけではありません。でも！　可愛い孫のパワーは絶大。孫を思う気持ちはいつどのような時代でも不変だということが読み取れます。

激論もパジャマ姿の下半身　王様の耳（やすみ選9位・第一生命選20位）

客観的には笑えるワンシーンですが、激論中の本人は至って真剣。その表情まで伝わってきます。パジャマではないにせよ、リモートの際のちょっぴり手抜きな出で立ち……皆さんも思い当たりませんか？

1日の長さを感じテレワーク　テレワークおやじ（やすみ選10位）

テレワークの川柳もほんとうに多く寄せられていましたね。でも、ちょっと待って。

これ、オフィスでも言ってなかったですか？「あー、一日長いなぁ……」と。失礼しました、そんなことないですね。忙しく仕事が充実していると時間はあっという間です。もしかしたらテレワークに切り替わり、今は残念ながらその充実感を味わえていないのかもしれません。この一句、仕事への思いが飾らない言葉で詠まれているんですね。

第一生命選　全国人気投票ベスト100

全国から寄せられた川柳6万2542句の中から選ばれた傑作100選!!
力作揃いの作品の中から、全国のサラ川ファン約10万1千人の投票によって決定したベスト100句を改めてご紹介いたします。

第1位　会社へは来るなと上司行けと妻　なかじ

第2位　十万円見る事もなく妻のもの　はかなき夢

第3位　リモートで便利な言葉〝聞こえません!〟　リモートの達人

第4位　嫁の呼吸五感で感じろ!全集中!!!　鬼嫁一家

第5位　じいちゃんにJ.Y.Parkの場所聞かれ　けえぽっぷ

第6位　我が部署は次世代おらず5《ファイブ》爺《ジイ》　松庵

第7位　お父さんマスクも会話もよくずれる　さごじょう

第8位　YOASOBIが大好きと言い父あせる　テンビ

第9位　お若いと言われマスクを外せない　エチケット

第10位　抱き上げた孫が一言密ですよ　白いカラス

第11位　エコなのかどんどん増えるマイバック　忘れん坊

第12位　ダイエット時を戻そうおやつ前　フィード・パス

第13位　ペイペイはどこのパンダとそっと聞き　アナログ子龍

第14位　アイメイク仕上げにマスク時短術　コダクさん

第15位　どこにあるステイホームで俺の場所　するめのいのち

第16位　世は鬼滅給与減って俺自滅　下町の優男

第17位　「密です！」と訴えたいのは仕事量　まっさん

第18位　ハンコ不要出社も不要次はオレ？　我楽多魔手箱

第19位　下書きの送信キーを猫が押し　油断在宅

第20位　激論もパジャマ姿の下半身　王様の耳

第21位　「出社日は次はいつなの？」妻の圧　在宅ワークマン

第22位　マスクだと良く言われますイケメンネ。　ソノマン

第23位　グータッチ妻は私にノータッチ　一生ディスタンス

第24位　倍返し言えぬ上司に「はい」返し　ギレン総帥

第25位　休日は息子鬼滅で嫁キツめ　キツめの八重歯

第26位　はたら苦がはた楽になる子の笑顔　さらり丸

第27位　「やばいです」それはいいのか悪いのか　カクト

第28位　脱ハンコ進めるために判が要る　公務印

第29位　コロナ禍が程よく上司をディスタンス　大舞剛人

第30位　子は鬼滅夫婦は亀裂おうち時間　ねこのすけ

第31位　買ってきて俺は我が家のウーバーか　めがね家族

第32位　自粛中見えた夫の定年後　ハジちゃん

第33位　定年後昔悠々今窮々　こんなはずでは

第34位　「行ってくる」ふすま一枚テレワーク　今日も出勤

第34位　テレワークいつもと違う父を知る　秋乃アキ

第36位　あつ森にローンの返済先越され　NOベル

第37位　出勤が運動だったと気付く腹　からあげ大好き

第38位　マスクでは防ぎきれない妻のグチ　ワイさん

第39位　倍返し真似してみたら俺無職　たけしん

第40位　咳き込んで視線が痛い電車内　愛飲酒多飲

第41位　耳痛い常時マスクと妻の愚痴　サミー

第42位　孫の顔初めて見るのはスマホ越し　デレデレじいちゃん

第43位　あなたとは要請なくてもディスタンス　おとう

第44位　気付かない理由はマスクかすっぴんか　チュニャン

第45位　オンライン説教したら画面消え　メタボリック父

第46位　リモートでミュート忘れて愚痴バレる　ねぼ

第47位　密ですとますます部下は近よらぬ　急いで待て

第48位　テレワーク大きな子供がひとり増え　ミートテック

第49位　ソロキャンプそもそも毎日ソロライフ　愛すべきソロ

第50位　弁当に今日の元気を詰める母　ぜんしょう

第51位　副業で出前届ける部下の家　緊急事態宣言

第52位　体重増！リモート会議であなた誰!?　ダイエットスタート

第53位　オンライン見える範囲で見栄を張る　多苦労

第53位　テレワーク妻へ感謝の倍返し　つべる

第55位　喫煙所入場規制で〝密〟の列　禁煙してよかっ太郎

第56位　会社では偉そうなのねと妻が言う　テレワークの弊害

第57位　「5円」見てビジネスバッグがエコバッグ　おつかいパパ

第58位　どの店もドレスコードはマスクあり　もやし

第59位　あつ森で仲良くなれる僕と妻　指マジック

第60位　テレワーク子供の参入場が和み　ヨミ坊

第61位　マスクさえ妻と娘と別洗い　まさるクエスト

第62位　熱っぽい昔は出社今待機　メタボ

第63位　あの密を恋しがる日がくるなんて　めめりん

第64位　マスクして上司の顔色読み取れず　やればできる

第65位　置き配を不審物だと騒ぐ祖母　うー婆いーつ

第66位　持ち帰り昔は仕事今はメシ　主夫と主婦

第67位　飲み会の会場さがし家の中　ひだっち

第68位　通勤もしなくていいとしたくなる　ないものねだり

第69位　マイクON部長の悪口配信中　逆ペリカン

第70位　3密を避けて振り込むお年玉　孫孝行

第71位　テレワーク気付いた会社のイスの良さ　首肩凝蔵

第72位　密なのに妻の抗体なぜできぬ　パパ抜き

第73位　スマホより俺を認証しない妻　山宗雲水

第74位　何曜日?在宅勤務でわからなく　小平主計将校

第75位　久々に家族が揃った在宅で　もう100パーセント出社おやじ

第76位　いつだろう同期の素顔見れるのは　なんちゃって大学院生

第77位　新人がイケメンと知る食事中　しーしー

第78位　小遣いを電子マネーでチャージされ　息子も同じ

第79位　リモートの上司の指示は現場見ろ！　万年課長

第80位　遊ぼうよ！息子よ、パパは仕事中　ぽぽるん

第81位　はんこレス上司の仕事吹き飛んだ　ラッキー小太郎

第82位　晩ご飯娘退出妻ミュート　じょせふ

第83位　カメラOFF忘れて晒すOFF姿　にじのいろ

第84位　収入減まず削られるパパの趣味　大好きな家族

第85位　リモートで不要不急になる職場　シュー

第86位　社会人出社したのはまだ5回　テレ新入社員

第87位　今の何？半裸横切るWeb飲み会　あけたん

第88位　リモートの背景だけはタワマン風　温洸

第89位　掃除して！一応これでも勤務中　掃除洗濯犬散歩

第90位　虹プロで学ぶダンスと上司像　のぼる

第91位　ズーム飲み背景代えてはしご酒　五時から男

第92位　別人か初めて知った仕事顔　ぴょんきち

第93位　トレンドはワンチームからTeamsに　マイクロそふと

第94位　週一の通勤だけで息切れる　けえええええ

第95位　自宅でも嫁との会話画面越し　ホットライン

第96位　プップッと途切れる意識と無線ラン　竜士

第97位　終われない終電が無いズーム飲み　ヒゲだるま

第97位　終電が、、。WEB飲み会では充電が、、。　直行直帰

第99位　部下を褒め妻に気遣うテレワーク　名ばかり父さん

第100位　寝ているの？返事がないよWeb会議　ラーノ

※34位・53位・97位は、人気投票の得票が同数のため同順位です。

第二章

戸田菜穂が愛したサラリーマン川柳

ゲスト選者、女優・戸田菜穂が選ぶサラリーマン川柳。
一九九〇年代から最新の作品まで、
自身の体験をもとにサラリーマンの日常を考察しつつ、
優しさとユーモアにあふれたコメントで、元気づけてくれます。
オンライン飲み会やキャッシュレスに嘆きながらも、楽しく前向きに！
戸田菜穂さんの心に刺さった愛すべき一句とは!?

抱きしめたい！
愛すべきサラリーマン川柳

特別寄稿

戸田菜穂

川柳、いい言葉だ。川辺に揺れる柳。

「柳のようにしなやかな人生を」と、高校卒業時に担任の田中先生から贈られた言葉を思い出す。ポキッと折れない強く柔らかな心。

茶目っ気のある人が好きだ。ユーモアのセンス、実はこれが人生をしなやかに送るコツだと思っている。いかなる局面に立っても、ユーモアの心を忘れない人は強い。

私は二十代前半から俳句会に参加しているが、いつも先輩に「そんなに真剣な顔して作るのではなくて、食べて飲んで楽しく会話しながら、いつの間にか名句が出来てないとダメだよ」と言われたが、これが実に難しい。ついついA型長女の生真面目気質が顔を出す。

そんなわけで、今回初の川柳の選を気取らず楽しく務めさせていただき、私もいつか茶目っ気のある人になりたい!!

この度の非常事態を経験して、人間どんな時にも明るさを忘れないことがいかに大切か、暗闇の中の一点の灯火《ともしび》が、未来へ進む目標となることが痛いほどわかった。

さあ行こう!!　明るい方へ!!

まずは、最新の二〇二〇年（第三十四回）の中から、

ＹＯＡＳＯＢＩが大好きと言い父あせる　テンビ

お父さん世代が若い子の言葉についていけない姿が良く表れていて、「何～!?夜遊びが大好きとはけしからん」と言っていそうでおかしい。

私はというと、四年生になる娘が、なぜかＹＯＡＳＯＢＩの「夜に駆ける」をかけながらものすごく速いテンポでけん玉の練習をしているので、このグループはぎりぎり知っていて、セーフ!!（笑）

エコなのかどんどん増えるマイバック　忘れん坊

わかるわかるわかる!!　我が家もそう、玄関近くに三つ、キッチンには山ほど、車の中には二つ、三つ。なのにかばんの中にはゼロの時が多く……。結局レジ袋買ってんじゃん!!ってことが多々ある。エコじゃない。反省……。

嫁の呼吸五感で感じろ！全集中!!!　鬼嫁一家

パパたち、煉獄《れんごく》さんのように全集中だ!!　ママたちは大変だった。朝昼晩カロリーの高い食事作り、パソコン苦手なのに子供のＺＯＯＭを頑張り、宿題を見て、来たばかりの子犬はいたる所でおもらしするし。ヘトヘトだった。パパたちよ、空気読んでねという句だと思う。ねぎらって欲しいわけだ。「ありがとう。大変だったでしょ!!」。このセリフが、妻たちを救う。

下書きの送信キーを猫が押し　油断在宅

ふふふ。下書きでまだ良かった良かった。家で仕事しているといろんなハプニングが起こる。そして映り込む。声なんかもうすご~くよく聞こえる。あ、犬だ。あ、宅配便来た。「お父さーん、ごはんよー」等は日常茶飯事。あの誰にも聞かせたことのない野太い声。私も娘に言われた。「何でママ宅配便とか、電話だとすごーく機嫌のいい声になるの？　気持ちわるーい」と。リモートは、外でのよそ行き顔ではない日常がビシバシ伝わってきて、人間観察的な目線でいえば、大変興味深い。

○○さんの家の中素敵!!っていうか見せたいのかな？　すごい引きの画、や、異様に片付いている。花まで飾ってある、等々。インテリア好きの私は本人の後ろが気になって仕方がない。気持ちのピントが後方に合ってしまう。全集中だ!!　無理だ!!

会社では偉そうなのねと妻が言う　　テレワークの弊害

このご主人は、家では謙虚なのかな。家の中だけ偉そうな人よりだいぶいい。でもこの句で一番偉そうなのはだ~れだ？　妻だ（笑）。私も反省。

「行ってくる」ふすま一枚テレワーク　今日も出勤

最高だこの句。何がいいって「ふすま」がいい。「ふすま一枚」声はつつぬけ。居心地悪いだろうなあ、ご主人。奥さんも大きなくしゃみを気持ちよくできやしない。テレビも見られない。ご苦労がよく見える。いつかいい思い出となるご苦労が。

「やばいです」それはいいのか悪いのか　カクト

本当にそう!!「やばくない?」「やばいよね」「まじやばい」「やばいっす」……。「何が?」と滑舌よく聞きたくなる。娘たちが使うと、「やばい」って言うのをやめてと禁止しながら、雪景色を見て「やばっ。まじきれい」とつぶやいてしまったやばい言葉……。危険だ。忍び寄ってくる。危険だ。

休日は息子鬼滅で嫁キツメ　キツめの八重歯

鬼滅観に行きました。泣きました。娘二人と。感動のラストシーン。煉獄さんのキーホルダー買っちゃった。

この句、蚊帳の外感のご主人がよく見える。休日はね、妻たちはなぜか平日の疲れがたまりキツめになってしまうのだ。ごめんなさい。受け止めて、受け流してくればいいのです。

終われない終電が無いズーム飲み　　ヒゲだるま

ズーム飲み、楽しいのかな？　私、落ち着かず、リラックスできず、こればかりは無理だ。だって家の中丸分かりではないかー。
犬はワンワン、子供は「ママどこ?」、主人は「ただいまー」。

私、なるべく生活感のない女優でいたい、というか、女優は想像力を掻き立てられる方がいいとか言ってるくせに、その真逆ではないかーー!!　しかも理由見つけて切りにくい。嘘がばれる。顔映ってるし。うーー。悪酔いしそう。

ああ、早く普通にお店で飲みたい。語り合いたい。今までの普通のありがたさに気付くばかりなり。あ、そうそう。バーから出てエレベーターの鏡に映る自分の顔見てウワッと我に返る感じ。あれが、パソコン上で永遠に続くなんて……恐怖しかない。

新人がイケメンと知る食事中　しーしー

ニヤリ。嬉しい発見。密かな発見。私だけが知っている。マスクの下の美しい口元。歯のきれいな男子が好きだ。食べ方の美しい男子はもっと好きだ。先輩は見ているよ。ちらっちらっと見ているよ。お茶碗を持つ指先、箸の上げ下ろし。新人君たち、お気を付けあそばせ。マスクの下の見えない部分にハッとするものなのよ。私も落ちない口紅付けてるもんね。カフェラテ飲む時、スタバで飲む時、ちらっと見えてるもんね、口紅。うふふほとんど自己満足だけどいいもんね。

さて、ここからは以前の名句。まずは二〇一九年（第三十三回）から。

話聞け！スマホいじるな！「メモですが」　オジサン

あるあるー。私も保護者会等で、あの人先生お話しされてるのに、スマホさわっちゃってー。あ、メモしてたのねーごめんねーと、心の中で会話している。

おじさんはスマホ使えずキャッシュです　リタイヤ組

　これも共感なんですけどー。ところで、この二句の作者のお名前、「オジサン」に「リタイヤ組」……。キャ――。

ま、それは置いといて。っていうか、現金かクレジットカードでよくない？　見てたらレジの店員さん大変そう。ペイペイで、私はスイカで、なんやかんやで、と。だいたいスマホにお小遣い送りたいですか？　もらって気付く？　嬉しさ長続きしないよね？　あげる方もちゃんとかわいいぽち袋に「お小遣い」〇〇よりって、筆で書いてあげたいわ。手書きとか、和紙とかそういうものに人情を感じるのではないか。私なんか、ぽち袋素敵なの見付けると集めといて、京都のお香とかと一緒に和箪笥に入れてあるしー。やや、ややや、書いてはみたが、若さが足りない……なぜだ。はい。キャッシュレス使いこなせてから言えって感じですね（笑）。

教室に誰も居ないと別世界　宮崎県延岡市立延岡中学校3年N・Kさん

キュン。中学生の麗しい感性。そうですよ。誰もいない教室、放課後の教室から突然恋は始まるのだ。「別世界」と感じられたN・Kさん。感性が一番大切。ドラマチックに人生を送ってね!!

一九九〇年（第四回）の作品三連発。

一戸建手が出る土地は熊も出る　ヤドカリ

父帰る一番喜ぶ犬のポチ　ポチ

運動会抜くなその子は課長の子　ピーマン

もう!!　なんて愛しい。サラリーマンの悲哀がユーモラスにサザエさんのような陽だまりのようなおかしみにあふれていて大好き。

お茶入れたにくたらしいから指入れた　よみ人知らず（一九九三年　第七回）

指で良かった。このくらいが丁度いい。かわいい抵抗ではないか。料理と一緒。この茶目っ気の匙《さじ》加減が難しいのだ。多過ぎては苦くなる。

ここからは私の選んだ一位から三位。

まず三位。

『ゴハンよ』と呼ばれて行けばタマだった　窓際亭主（一九九五年　第九回）

猫へかける声の方が優しくなるのはなぜだろう。他愛のない生活のおかしみ。優しいご夫婦が見えた。

二位は二句。

昼食は妻がセレブで俺セルフ　一夢庵（二〇〇五年　第十九回）

ご主人の寛大さが垣間見える。

湧きました妻よりやさしい風呂の声　湘南おじん（二〇一四年　第二十八回）

私もそう思う。私より優しい声、お風呂もカーナビも。あれはもう世の男性の癒しだ。男性バージョンもないかな。すごくダンディーな「お風呂がわきました」。うん?? やっぱ、いいや。

パンパカパーン。戸田菜穂選、第一位は、

まだ寝てる帰ってみればもう寝てる　遠くの我家（一九九一年　第五回）

もう最高に愛しい!!　この句好き過ぎて覚えてしまった。優しくてかわいらしくて、抱きしめたい一句だ。毒がない。お腹の底から笑える句。

川柳って、とってもお茶目。とっても人が好きになる。とってもとっても明るくなれる。皆様ありがとうございました!!

とだ・なほ　一九七四年生まれ、広島県出身。一九九〇年、第一五回ホリプロタレントスカウトキャラバンでグランプリを受賞しデビュー。九三年放送のNHK連続テレビ小説「ええにょぼ」で主演を務め、以降、テレビ・映画などで活躍。近年の主な出演作に、ドラマ「西郷どん」「高嶺の花」（ともに二〇一八年）、「ギルティ〜この恋は罪ですか?〜」（二〇二〇年）、映画『高津川』『記憶屋　あなたを忘れない』（ともに二〇二〇年）など。公開待機作として、映画『吟ずる者たち』がある。

第三章

第三十四回サラリーマン川柳

トレンド傑作選

トレンド傑作選定委員会

サラ川ファンの皆様、一年間のご無沙汰でした。
第三十四回トレンド傑作選をお送りいたします。
各部門のベスト３も発表しちゃいますよ！
コロナに負けない名句をご堪能あれ！

※ベスト３とその他の掲載句は、傑作１００選および皆様よりお寄せいただいた句の中から編集部で選んだものです。

流行・話題

新しい生活様式とともに

二〇二〇年をひと言で言ってしまうと、まさに「新型コロナの年」でしょう。一月、海の向こうで始まった出来事が、三月にはＷＨＯによるパンデミック宣言、オリンピックは延期、四月には緊急事態宣言と、あれよあれよという間に、世の中が変わっていきました。マスクや消毒液が店頭からなくなり、アベノマスクが配られたり、学校が一斉に休校になってしまったり。私たちも生活の変化を余儀なくされました。そんな中、新しい生活様式と格闘するサラ川諸氏の、クスリと笑える秀句を並べてみました。そしてコロナ一色かと思われた中で、日本中が盛り上がった『鬼滅の刃』。意外にもツボにハマったのが河野行政改革担当大臣による「ハンコ廃止」。合わせてお楽しみくださいませ。

流行・話題

第1位

お父さんマスクも会話もよくずれる　　さごじょう

そうそう、いるんですよ、鼻出しマスクの人。気になる～！

第2位

トレンドはワンチームからTeamsに　　マイクロそふと

二〇一九年のトレンドとうまく絡めました。座布団一枚！

第3位

柄マスクいかつい上司のリラックマ　　ベニシジミ

ギャップがたまりません！　きっとクマさん体型の人なんだろうなあ。

リモートな世の中

リモートで仕事も食事も同じ席　ヨーコリン

テレワーク背景求め迷走中　人生の迷子

テント張り庭の芝生でテレワーク　駅まで5分

リモートで式挙げ祝儀はペイ払い　高杉最新作

相手よりリモート背景気を遣う　在宅移民

テレワーク気付いた会社のイスの良さ　首肩凝蔵

わが存在証明

押印で自分の存在確認し　何にも専務

はんこレス上司の仕事吹き飛んだ　ラッキー小太郎

脱ハンコ進めるために判が要る　公務印

郵送で繋がる我が社のハンコリレー　博之介♪

あなたは何に全集中?

壱の型いいえ私は四十肩　自滅の刃

ウイルスに負けるな手洗い全集中　七色とうがらし

全集中眠気と戦う午後3時　にじのいろ

昼食を選ぶときだけ全集中　かまどごはんじろう

プチ流行ネタをご紹介

家建てた家具もそろえた「あつ森」で！　ちょいワルあがき

ソロキャンプそもそも毎日ソロライフ　愛すべきソロ

置き配を不審物だと騒ぐ祖母　うー婆いーつ

仕事

いやも応もなく変革の嵐

新型コロナ感染防止対策のため、とにかく密になる空間を減らすということで、職場もその対象になりました。通勤電車？　密です！　オフィス空間？　密です！というわけで、エッセンシャルワーク以外の人々は否応なくリモートワークへのシフトを強いられたのでした。しかしウサギ小屋とも称される日本の住宅事情では、快適な仕事空間など期待できるはずもなく、ＰＣをどこに向けても汚部屋が映る。加えて、労働時間も曖昧になりがち。マジ残業してるのに！　なんか部屋ガン見された！　服装に文句言われた！　確認メールが多すぎる！　上司部下ともに慣れないこの状況。リモハラやら猫ハラ（楽しそうだけど）などの言葉も生まれ、四苦八苦の様子が伝わってきます。さて、サラ川諸氏のリモート生活はいかに。

第1位

通勤は徒歩3秒の隣部屋　おたやん

部屋を変えるだけでも気分が変わります。気の持ちようってことですね。

第2位

飛び起きて飛び出て気づくリモートデー　イヤコロナ

いや、ほんとわからなくなります。電車乗る前でよかった。

第3位

激論もパジャマ姿の下半身　王様の耳

勝負服って言うように、やっぱり服装ってそれなりに大事かも。

ないと恋しくなる？

通勤もしなくていいとしたくなる　　ないものねだり

残業が今は恋しいステイホーム　　バカボンのパパ

1日の長さを感じテレワーク　　テレワークおやじ

リモートで不要不急になる職場　　シュー

ペットとの会話が増えたテレワーク　　成れの果て

オンライン会議後すぐに呼び出され　　ワイさん

リモートの難点

プップッと途切れる意識と無線ラン　竜士

WEBカメラ倒れてバレるゴミ屋敷　みやのすけ

客先に悪ガキ登場照れワーク　いつまで続く在宅勤務

マイクON部長の悪口配信中　逆ペリカン

リモートの会議増加で捗らず　向日葵

マウス追うネコが邪魔するテレワーク　びびさん

順応してきました

テレワーク顔は出さずに成果出す　毎日が黙曜日

夏服はシャツだけ買ったテレワーク　だんべいぱぱ

5分おきマウス動かし在席中　カレラ

リモートで便利な言葉〝聞こえません！〟　リモートの達人

説教になった瞬間ミュートする　おかしず

リモートで気付く上司の部屋の趣味　昭和ママ

職場の問題

押印をもらいに電車2時間半　無駄な時間

ハンコよりむしろ要らないこの書類　山宗雲水

「密です！」と訴えたいのは仕事量　まっさん

密ですとますます部下は近よらぬ　急いで待て

週明けは半沢見た部下攻めてくる　やあた

我が部署は次世代おらず5《ファイブ》爺《ジイ》　松庵

家庭

職場であり家庭であり学校でもあり

このコロナ禍で、最もしわ寄せが大きかったのが家庭ではないでしょうか。テレワークが求められ、学校が休校になり、全てが家庭内に押し寄せました。食事ができて寝るところがあればと思っていたところに、あらゆる機能を押し込めねばならない。まだまだ家事の大半を女性が担っている現在では、旦那と子供がいない間に効率的に時間を使っていたのに、「マジもう無理だから！」というキレた女性の、もとい、疲れ果てた女性の心の叫びが聞こえるようでした。密にならないように夫婦でテレワークするなんて。しかも子供の勉強場所を確保するなんて。陣地分捕り合戦ともいえる毎日。そしてより明確となった家庭内序列……。この非常事態の中で家庭内では何が起こっていたのか。そして最も割りを食ったのは誰？

家庭

第1位

会社では偉そうなのねと妻が言う

テレワークの弊害

だ、だって、一応チームリーダーなんだぞ、オレ。そこそこ偉いんだから。

第2位

マスクした無口な妻がとても好き

紙風船

控えめながらも、ほんとの本心からとお察し申し上げます。

第3位

テレワーク家での処遇コロナなみ

浮薄呆言

密だ密だって、一体どこへ行きゃいいんだよお。トイレに籠もってやる！

パパの居場所

ドリルする子の横借りるテレワーク　びんちゃん

三密を避けられパパは蚊帳の外　ろっこうおろし

ダンナには容赦なく言うディスタンス！　紫香院麗洋高貴大姉

居場所なく庭で始めるソロキャンプ　のりぞー

在宅に妻も娘もディスタンス　孤独パパ

どこにあるステイホームで俺の場所　するめのいのち

コロナ禍の夫婦模様

我が家では夫婦ゲンカもリモートで　いいね！協会会員

家の中俺だけマスクさせられて　孤独オヤジ

嫁は言う家事も含めてテレワーク　うー班長

「出社日は次はいつなの？」妻の圧　在宅ワークマン

家酒場妻が７時に店閉める　短縮

Ｇｏｔｏに嫁を誘うもソロキャンプ　恐妻家

我が家のリモート生活

テレワーク大きな子供がひとり増え　ミートテック

「明日テレ」父の連絡母がっくり　ブヒさん

「行ってくる」ふすま一枚テレワーク　今日も出勤

テレワーク巣ごもり続き家庭不和　オサムシ

ＺＯＯＭする？母はスマホをズームする　ＵＭＤ48

オンライン説教したら画面消え　メタボリック父

初めてのステイホーム

飼い犬に言ってた「ステイ」今、我が身　モカジャバ

帰宅したパパに手洗い子が指導　20秒以上だよ！

在宅で地位がペットの下と知る　塞翁が馬

孫のため食料配達バーバイーツ　ささだんご

帰省せず振り込んでねとお年玉　鰆の佐助

心配ない三密我が家は会話なし　照れワーカー

在宅で見えたもの

別人か初めて知った仕事顔　ぴょんきち

自粛中見えた夫の定年後　ハジちゃん

在宅増主婦は家事増自粛無し　ドラっ子

妻は言う次も帰省はオンライン　塞翁が馬

自粛明けそのまま続く家事分担　つじGUCCI

耳痛い常時マスクと妻の愚痴　サミー

オレの言い分

密なのに妻の抗体なぜできぬ　パパ抜き

気付いたら家事も育児もオレの役　バカボンのパパ

マスクさえ妻と娘と別洗い　まさるクエスト

断捨離で捨てた分だけ妻が買う　リタイアマン

自宅でも嫁との会話画面越し　ホットライン

定年後いつでも俺は不要不急　やすよ

健康・美容

マスクは七難を隠すのか

新型コロナ感染予防対策で在宅を強いられ、はや一年を超えました。皆様、お体に異変はございませんか？　おや、お顔がふっくらなさった？　マスクで気が付かなかったわ。あら、お腰回りがふくよかになられて。スウェット着てるんでわかんないす。そうでしょうとも。楽になったと思いつつ、通勤でカロリーを消費していたことに、多くの方が気付かれているはずです。ウエストゴムの服ばかり着ていたら、どういうことになるのかも。マスクでノーメイクになり肌には良さそうと思っても、マスク以外のところは日にも焼けるし、マスクの中は汗と鼻水でムレムレ。肌荒れを起こしちゃいませんか？　新しい生活様式で新しいトラブル。さあ、ここで一句ひねってみましょう。

健康・美容

第1位

お若いと言われマスクを外せない

コロナが落ち着いても続けるしかない？

エチケット

第2位

週一の通勤だけで息切れる

使わないものは衰える。身をもって知った自然の摂理。

けぇぇぇぇぇ

第3位

熱っぽい昔は出社今待機

少々の熱でも無理して出社したものです（遠い目）。今は昔。

メタボ

コロナ時代の健康管理

免疫をつけろと食べて腹につく　自粛太り

「体内も消毒するぞ！」と今日も呑む　飲べェ

腹揺れる縄跳びダンス妻四十　むつお

太ったわ妻よコロナのせいじゃない　ますおサン

顔認証自粛太りでロックされ　もふもふ

ダイエット時を戻そうおやつ前　フィード・パス

咳き込んで視線が痛い電車内　愛飲酒多飲

マスクの効用

大きめのマスクで小顔を演出し　八千代たあ坊

年齢も隠せるマスク手放せぬ　茶々丸

マスクした妻は３歳若く見え　釧路ダンディ

メイク時間マスク効果で短時間　美魔女無理

気付かない理由はマスクかすっぴんか　チュニャン

問答無用のオンライン化

社会・経済

二〇二〇年、新型コロナの流行により、世の中は大きく変わりました。ステイホームで飲み会にも行けなくなり、在宅勤務を余儀なくされる日々。もはやパソコン苦手なんでとか、ガラケーしかないとか言ってられない状況になりました。会議、講座、授業、ライブ、飲み会、様々なものがオンラインとなり、もうその対応に多くの人が一杯いっぱい。帰省もままならず、孫の顔を見るのもオンライン。かくしてオンラインがらみの投句が一気に増えました。そして生活面では、七月に有料化されたプラスチック製ゴミ袋。外食が減ってスーパーに行く回数が増えたこともあり、気がついたらエコバッグがめっちゃ増えてたという人も多いのでは？　では、コロナ禍での皆様の生活ぶりを見てみましょう。

第1位

麒麟より五輪がくるか気にかかる

K.U

まさに国民的一大関心事。

第2位

ドラマならそろそろ出るよ救世主

カクト

ほんとに切望しますよね！　ワクチンがそうなるかと思ったのですが……

第3位

どの店もドレスコードはマスクあり

もやし

マスク忘れて外へ出たときのバツの悪さと言ったらハンパないです。

リモートワーク事始め

オンライン見える範囲で見栄を張る　多苦労

バーチャルの背景ぐらいエーゲ海　ゴーツー待子

最初だけやけに背景気にしたの　ネロ様

環境に出費かさむテレワーク　まいど

リモートの背景だけはタワマン風　温洸

カメラＯＦＦ忘れて晒すＯＦＦ姿　にじのいろ

私の仕事風景

社会人出社したのはまだ5回　テレ新入社員

引きこもり就職できたらテレワーク　あら・ドロン

リモートで声が聞こえず電話する　マラソンマン

喉元を過ぎれば車内は寿司詰めに　ZUZU

新人がイケメンと知る食事中　しーしー

下書きの送信キーを猫が押し　油断在宅

飲み会はエンドレスに？

お開きと宣言してから数時間　つきみ

終われない終電が無いズーム飲み　ヒゲだるま

飲み行くぞ居留守使えぬオンライン　いちじく

飲み会の会場さがし家の中　ひだっち

女子会は画面越しでも長時間　ときママ

ズーム飲み背景代えてはしご酒　五時から男

エコバッグあれこれ

エコバッグつかうときにはもってない　ゆずぽんず

エコなのかどんどん増えるマイバック　忘れん坊

有料化袋忘れて手で抱え　いつも退社

小遣いの3円ケチるエコバッグ　熊吉

ショッピング袋よりたまる段ボール　たぬ嫁

「5円」見てビジネスバッグがエコバッグ　おつかいパパ

ちょっとしたココロの呟き

来月も来ると思った10万円
シュー

毎日が非常事態の我が財布
てる味

行きつけが定食屋からコンビニに
りんごパイ

喫煙所入場規制で〝密〟の列
禁煙してよかっ太郎

小遣いを電子マネーでチャージされ
息子も同じ

孫見たさ一気に進むＩＴ化
鶉

ウィズコロナの生活

久しぶり！マスク外してあんた誰？　つじＧＵＣＣＩ

グータッチ妻は私にノータッチ　一生ディスタンス

消毒で認証できぬ荒れた指　コロナ蚊

築50換気バッチリすきま風　ミオ

あの密を恋しがる日がくるなんて　めめりん

海の日も山の日もなく夏終わる　りょうれいｍｉｃ

第四章

あなたの知らないサラリーマン川柳

——「防衛省版サラ川」と「地元サラ川」の魅力

毎度おなじみ「サラ川」には、広くは知られていないけれども、是非注目していただきたい「あなたの知らないサラ川」がございます。本書初公開、自衛隊員の皆様の秘かなる心の叫びが大爆笑を巻き起こす「防衛省版サラ川」を川柳作家やすみりえ先生にご案内いただきます。ローカルな笑い満載の「地元サラ川（ジモサラ）」傑作句もご賞味あれ。

「防衛省版サラリーマン川柳」

隊員の知られざる日常や思いが伝わってくる

やすみりえ

「自衛隊あるある」を探す楽しみ

一般のサラリーマン川柳とは別に、「防衛省版サラリーマン川柳」があるのをご存知でしょうか。第一生命と防衛省の広報担当部署が共同して別枠で選考会を設け、平成七（一九九五）年度に防衛省版をスタート。第一生命で優秀作品等を発表するのですが、平成十七（二〇〇五）年度以降の作品は、防衛省版傑作集として防衛省ホームページで公開されています。主に隊員や家族、関係者に向けたものなので、専門用語は当たり前、中には詳しい方の解説が必要な句もありますが、そこにはユーモアに包まれた「自衛隊あるある」が反映されています。

過去の秀作の中から気になる十句を選び出したところ、有難くも選考にかかわっている防衛省の広報担当職員の皆様方が、専門用語や作品の背景についての疑問に答えてくださることになり、東京・市ヶ谷にある防衛省本省の会議室にうかがうはこびとなりました。

自衛官は外では強いが家では……？

広報　このたびはようこそお越しくださいました。

やすみ　お招きいただきありがとうございます。私好みの句を十句選び、なぜその句を選んだのか理由をお話しさせていただきますので、句の背景を教えてください。まずは身近なところで、サラリーマン川柳のお家芸の分野でもある、妻を描いた句からまいりましょう。

領有権我が家は常に妻のもの　すみっこパパ（二〇一〇年　第二十四回）

家庭内に「領有権」があるかどうかはさておき、この言葉の使い方が洒落ています。外では決して譲らないけれど、家庭内ではそうもいかないというギャップが詠まれていますね。

広報　そうですね。ご存知のように、私たちの領土、領海、領空は絶対に譲れないものです。ところが仕事を終えて帰宅すると、どうやら何かが危うい状態になっている。自衛隊員に限らず、誰もが覚えがある事態ですよね。次の句もそうです。

やすみ　「領有権」の語がいい味を出していますよね。

サイバー戦妻にスマホであやつられ　ハイテク音痴（二〇一二年　第二十六回）

サイバー戦でも奥様には敵わない、という内容。

スマホであやつられる。面白いですよね。

広報　二〇一二年の段階で「サイバー戦」という言葉を使った作者は、かなり目の早いタイプだと思います。そんな頭脳派ですが、「これから帰る」とメールをしたら、「牛乳買ってきて」とか「卵買ってきて」と頼まれたりしたのでしょう。きっと仲のいいご夫妻なのだと思いますよ。

やすみ　確かにコミュニケーションがとれていないと、こういう句は詠めません。もうひとつあります。

外線を嫁が傍受し内戦に　基地通WAC（二〇一七年　第三十一回）

「外線」と「内戦」という言葉をうまく対比させたところがポイントに。さらには、「傍受」という言葉も効いています。

広報　傍受されたのは、仲間からの呑みの誘いでしょうか。間の悪い誘いは「内戦」に発展しがちですからね。

厳しい訓練の最中にも笑いあり

やすみ　次はお仕事の場面に視点を変えて、訓練や任務の厳しさを描いたような作品です。

匍匐する蛇と遭遇後ずさり　　対戦命（二〇〇九年　第二十三回）

恐らく森の中などでの訓練で起きた出来事なのでしょう。匍匐《ほふく》前進していたら、いきなり目の前に蛇が現れたなんて、びっくりです！

広報　実体験かどうかは作者にしかわかりませんが、起こりうる出来事だと思います。匍匐とは銃弾等を避けるために頭を低くして前進する方法のことですが、状況下に応じて五段階あります。「第一匍匐」は上半身を起こして手と足で前進すること。これならば視野は広いので、蛇や虫がいても避けることができます。ところが、腹ばいになり頭を下げて肘で前進する「第四匍匐」や、頬まで地面にぴったりつけて寝たまま前進する「第五匍匐」になると、目の前にあるものしか見えません。それこそ蛇やムカデと目が合うことさえあります。実戦を想定した訓練なので、頭を上げるのは厳禁で、危険を察したら冷静に後ずさりするのが正解なんですよ。

やすみ　なるほど、蛇が恐くて弱気になったわけではないのですね。虫や蛇と目が合うほどの低さをこのように表現なさったのですね。

身を隠すメタボも隠す迷彩服　　メタボ予備群（二〇一四年　第二十八回）

という句も皆様のお仕事ならでは。実際に迷彩服って体型カバーできます？

広報　背景の中に溶けこむためのものですから、多少の肥満は隠せるかもしれませんね。迷彩服ネタは定番のようになっていて、「明細を出せ」と言われて戦闘服（迷彩）を取り出した、なんて作品も過去にありました。

やすみ　明細よりも迷彩が先にくるのも「自衛隊あるある」なんですね。

飲み屋出て千鳥足でも足揃う　　酔いどれ伍長（二〇一三年　第二十七回）

これも日頃の訓練の成果が、つい表れちゃったような光景ですね。

広報　入ったばかりの頃は、「気をつけ」「敬礼」という整列や行進の訓練を、繰り返します。行進のときの足は、必ず左足から出る。それを叩き込まれますから、無意識にそれが出てしまう。

横断歩道で信号待ちをしているときに、何人かが横一列できれいに整列していることもあって、これも無意識から生まれる「職業あるある」のひとつでしょうね。

お酒の句に漂う味わい

やすみ　お酒の句にも興味深いものがありますね。

当直は唯一無二の休肝日　単身貴族（二〇一九年　第三十三回）

作者はお酒が好きな方なのでしょうが、当直の日には飲まない。休肝日という言葉でとぼけてはいますが、それほど緊張感があるということなのでしょう。

広報　任務中は当然、アルコールは飲めません。当直といっても、泊まりのこともあれば、自宅待機のこともあって、飲めない日も多いのですが、それをポジティブにとらえたユニークな句だと思います。

やすみ　厳しさや辛さをポジティブに見直してみると川柳になる、というお手本ですね。

陸・海・空酒を注げばすぐ混ざる　目指せ統合（二〇一二年　第二十六回）

　これもいいですね。ふだんは別々の任務の隊員同士が、たまに交流の機会があると、すぐに打ち解けることができる、そんな情景や楽しさを詠んだ句だと思うのですが、いかがでしょう。

広報　陸・海・空と所属は違っても同じ隊員同士、仲は良い。ただ、この句が詠まれた二〇一二年当時は、まだ一緒に仕事をする機会は多くはないので、酒を飲む機会もなかった。交流の場での出会いを楽しみにしていましたし、それぞれの文化の違いもあるので、集まって飲んでみると発見も多かったと思います。

やすみ　酒席の雰囲気の違いはありますか？

広報　そこは同じですが、そもそも酒席の呼び方が違います。陸自・空自は「宴会」ですが、海自では「別法」と呼びます。

やすみ　別法という言葉は初めて聞きました。

広報　時間の呼び方にも違いがあります。自衛隊では二十四時間制を採用していて、午前十時三十分は「ヒトマルサンマル」という呼び方をします。イチとシチとを間違わないように「ヒト」「ナナ」と呼び分けているのです。ところが夜の十時三十分、つまり二十二時三十分は、陸自では「ニーニーサンマル」、海自では「フタフタサンマル」と呼び方が違う。ものの呼び方の違いは、けっこう話題になりますね。

やすみ　二〇一八年（第三十二回）に〈**帰省して「ヒトマルサンマル」通じない**　道産子生徒〉という句もありました。

感謝の言葉も五七五で

やすみ　心が温まる句もありました。二句ご紹介します。

敬礼を真似る息子に背筋伸び　　ＷＡＣママ（二〇一六年　第三十回）

幼い子がいる家庭の風景が見えてくる川柳で、親の姿を真似る子を見て嬉しさを感じたのでしょう。気持ちが真っ直ぐに伝わる句でした。

広報　ありがとうございます。私たちはふだん、敬礼が当たり前の世界に生きているのですが、任務を離れると、必ずしもそうではありません。そんなときに我が子や孫、あるいはどこかで出会った子どもたちが敬礼してくれると、自然に身が引き締まります。誰もが一度は、そのような経験をしていると思いますよ。

やすみ　災害支援で、ずいぶんいろいろな場所に派遣されることも多いと思いますが、そうした現場をそのまま詠んだ句は意外と少ないですね。そんな中で、ひとつ惹かれた句がありました。

災派中感謝の声は栄養源　　ワラビーまん（二〇一九年　第三十三回）

　仕事を成し遂げた喜びや充実感が、短い言葉の中に表れています。

広報　時に感謝の手紙などを受け取ることがあります。被災した方のほうが大変なはずなのに、こうした手紙をくださった。少しでも力になれたのかなと、ホッとしたことはありますね。

やすみ　感謝を伝えるというのは大事なことですね。それを五七五の川柳にして届けていただくのも良いかも。

そうそう。今回（二〇二〇年　第三十四回）の優秀作品の中に、〈**サラ川で部下の心情把握する　今時の指揮官**〉という句があって、それほどまでにサラ川が定着しているのかと驚きました。

広報　今回は約七〇〇〇句の応募があったと聞いています。隊員の中には川柳がオン・オフを分けるスイッチになっている人もいるでしょうし、仲間の川柳を見て笑っているうちに、つらさや厳しさを忘れることもできる。サラ川を通して自衛隊を身近に感じてもらえるようだと嬉しいのですが、仲間同士の絆を強めたり深めたりすることに役に立つならば、それもまたサラ川の良さではないでしょうか。笑ってばかりはいられませんが、風通しの良い職場ではあるのですよ。

やすみ　川柳が絆を深めるツールになっているだなんて、なんだか嬉しいですね。これからも楽しみにしています。本日はありがとうございました。

「地元サラ川（ジモサラ）2020」優秀作品発表！

お国自慢　地元の魅力で一句！

北海道×北海道内支社「第2回どさんこ北海道自慢サラ川（川柳）」　応募数5867句

大自然無理なく作れるディスタンス　山本山

秋田県×秋田支社「あきたのお国自慢川柳2020」　応募数686句

よそいき語しゃべって最後にへばまだな　マーブー

岩手県×盛岡支社「いわてのお国自慢サラ川（川柳）」　応募数2735句

住み心地座敷わらしのお墨付き　岩手定住促進課長

栃木県×栃木支社「〝とちぎの百様〟川柳2020」　応募数1872句

我が夫見ざる聞かざるグチ言わず（日光東照宮様）　光ちゃん

新潟支社・長岡支社「新潟のお国自慢サラ川（川柳）」　応募数１１８句

ル・レクチェと呼ばれるオレは用なしか？　洋ナシ好き

富山支社「第1回とやまサラ川（川柳）」　応募数２０３句

三《さん》名《めい》山《ざん》立山・劔朝乃山　あいの風

滋賀支社「第二回淡海のお国自慢サラ川」　応募数２４８句

ゲジゲジもフェスで集えばイナヅマよ　T.Mジェネレーションギャップ

鳥取県×鳥取支社「とっとりのお国自慢サラ川（川柳）」　応募数７７７句

蟹をとり梨とり星とり年をとり　大山自撮り

松山支社「えひめ川柳２０２０」　応募数３６７句

愛媛人ミカン買わないもらうもの　りょうちゃん

高知県×高知支社「「高知家」自慢川柳２０２０」　応募数６８８句

人情とたたきは厚い高知流　天真らんらん

大分支社「大分支社95周年「地元サラ川（川柳）」」　応募数１４７４句

美人の湯効き目はすぐに出ぬらしい　極楽とんぼ

健康　地元のみんなで健康に！

山形県×山形支社「やまがた健康川柳２０２０」　応募数１２１１句

コツコツと体を動かし増す寿命　しょぴのれなたん

静岡県×沼津支社・静岡支社・浜松支社「しずおか健康サラ川（川柳）２０２０」　応募数１２３９句

富士山は登らず見るもの静岡県　健康オタク

詐欺撲滅　地域のみんなで詐欺対策！

海老名警察署×厚木支社「ＥＢＩＮＡ特殊詐欺撲滅川柳」　応募数２６句

愛言葉決めて守るぞ老後資金　未完成のハーレー

その他　さまざまなテーマで一句！

青森県×青森支社「あおもり「ウチカツ」（家活・打ち勝つ）川柳２０２０」　応募数６８０句

マスクでも瞳《め》を見てわかる思いやり　杏

船橋支社「2020小中高～思い出～サラ川」　応募数5947句

Ｗｉｔｈコロナ父と私もディスタンス　Ｍ・Ｒ

まだまだ知られざる魅力がある

「ジモサラ」こと地元サラ川は、地域の課題や問題を広く考えてもらうことを目的に、第一生命が地元自治体や関係団体（たとえば警察、地元メディアなど）と連携協力して、地域ごとに作品を募集したもの。二〇一八年にスタートし、三年目を迎えます。

今回多かったのは「お国自慢」をテーマにした地域。名所や名産品を詠んだ句あり、方言を使った句ありで、どれも魅力に富んでいます。〈**人情とたたきは厚い高知流**〉なんて、なかなか読ませます。

「健康」をテーマにしたのは、山形と静岡。〈**富士山は登らず見るもの静岡県**〉という句は、きっと無理をしてはいけないということを伝えているのでしょう。

「詐欺撲滅」をテーマにしたのは、海老名（神奈川県）と佐賀。**〈愛言葉決めて守るぞ老後資金〉**という句、「愛言葉」のフレーズが効いています（佐賀の優秀作品は都合により未掲載）。ほかに、青森県の「コロナ禍でのライフスタイル」、船橋（千葉県）の小中高校生の思い出など、地域を盛り立てようとそれぞれ工夫しています。

「とちぎの百様」って何でしょう？

そうした中で、一見、不思議なお題で作品を募集したのが栃木県です。

この地域では、雷を「雷様」と呼ぶように、人以外のものに「様」を付けて、敬意や親しみを表してきた歴史があります。それにならって、後世に残したい、大切にしたい、自慢できるという地元の名所、名産品などに「様」を付けてシリーズ化。絵画や俳句などのジュニアコンクールを開催するなどの方法で、県をあげて「百様」を大々的にアピールしてきました。今回は、栃木県と第一生命栃木支社が包括連携協定を締結したことをきっかけに、栃木県を元気に盛り上げようと連携し、ジモサラ募集に踏み切ったというわけです。

第一生命社員が直接応募を受け付けることに加え、栃木県の協力で県ホームページ経由での応募を可能にすることで、一九〇〇通近い応募があったとのこと。栃木支社がジモサラを手がけるのは今回が初めてですが、地元新聞社・テレビ局・ラジオ局が積極的に取り上げてくれたこともあり、大きな反響を呼びました。

大賞は、あの「日光東照宮様」を題材にした句（前掲）。「見ざる聞かざる」は、日光東照宮にある有名な三猿の彫り物をイメージしたものなのでしょう。

ほかにSL列車で有名な「真岡鐵道様」を詠んだ、

撮り鉄に笑顔手を振る真岡線　　小花輪寧

「大丈夫ですか？」を「大事？」と言うような「栃木弁様」の面白さを詠んだ、

県外の彼女に『大事？』が伝わらない　　盛り上げ隊長

など、ユニークな作品が揃いました。県内には日光や那須など世界的な観光地があります。ジモサラのパワーと百様の威力とで、知名度もますます上がっていきそうです。

第五章

サラ川で見る「日本のデジタル化」歴代ベストテン

「第一生命サラリーマン川柳コンクール」（略してサラ川）は、三十年以上の長い間、時代の変化を映し出してきました。ここでは、「デジタル化」をキーワードに歴代サラ川を読み解きます。インターネット、スマホ、ＳＮＳ、そしてＡＩ……。ここ一、二年はコロナの流行により、否応なく、進化のスピードが増したように思えます。これまでも多くサラ川の題材にされてきた「デジタル化」を象徴するモノやサービス、それに翻弄されるサラリーマンの様子を楽しく振り返ってみましょう。

サラ川で見る「日本のデジタル化」

「第一生命サラリーマン川柳（略してサラ川）」は、一九八七年にスタートし、川柳を通じて「世相」や「人々との関わり」を表してきました。今回は、私たちの社会、生活、仕事に大きな関わりがあるデジタライゼーションをテーマとします。デジタライゼーションは日本語に訳すとデジタル化を意味します。このテーマを語るうえでインターネットの存在は欠かせません。一九六九年にアメリカの複数の大学を結んだＡＲＰＡＮＥＴと呼ばれる小さなネットワークが始まりでしたが、約半世紀を経て世界中がインターネットを通じていつでもどこでも繋がれる世界になりました。インターネットを活用したデジタライゼーションは、様々な新しい価値を生み出しています。日々の仕事や生活に欠かせないスマートフォンやパソコンなどの情報端末やコミュニケーションの必須アイテムとなったＳＮＳは、その産物といえるでしょう。また、最近ではＡＩやドローンといったＳＦ漫画に描かれていたテクノロジーが登場しています。飛躍的に進化するデジタライゼーションが人々にもたらす喜怒哀楽を、川柳から読み解きます。

デジタライゼーションに関連する主な動き

1989年	ティム・バーナーズ・リーがHTML言語を提唱
1991年	世界初のWebサイトが公開
1993年	画像表示が可能なWebブラウザー Mosaicがリリース
1995年	Windows 95発 売、Internet Explorerリリース
1996年	Yahoo! JAPANがサービス開始
1998年	Windows 98発売
1999年	NTTドコモがiモードを開始
2000年	Googleが日本で検索サービスを開始
2001年	Yahoo! BBがADSLを開始
2004年	mixiがサービスを開始
2005年	YouTubeがサービスを開始
2008年	AppleがiPhoneを日本で発売開始、Facebook、Twitterが日本語版サービスを開始
2010年	AppleがiPadを発売
2011年	LINEがサービスを開始
2013年	メルカリがサービスを開始
2014年	Instagramが日本語版サービスを開始
2015年	AppleがApple Watchを発売
2016年	ポケモンGOを配信開始
2018年	PayPayがサービスを開始
2019年	Yahoo! JAPANとLINEが経営統合を発表

インターネット・パソコン

爆発的な普及で生活が激変

情報技術による社会・生活の変革「IT革命」でデジタル化時代の到来。

第14回 二〇〇〇年
ドットコムどこが混むのと聞く上司
ネット不安

第19回 二〇〇五年
熱心に仕事と思えばネット株
サボリーマン

第26回 二〇一二年
一日中ネットクリックエア仕事
コバヤ氏

第30回 二〇一六年
ネット見てふるさと選ぶグルメ通
やっさん

第33回 二〇一九年
パソコンを上司に教え日々多忙
新入社員

インターネットを使った様々なサービスが拡大しています。家でくつろぎながら動画を見たり、通勤中にニュースを読んだり、ゲームをする人も多いようです。また、会社においては、パソコンを使って調べものをする際に、インターネットは無くてはならない存

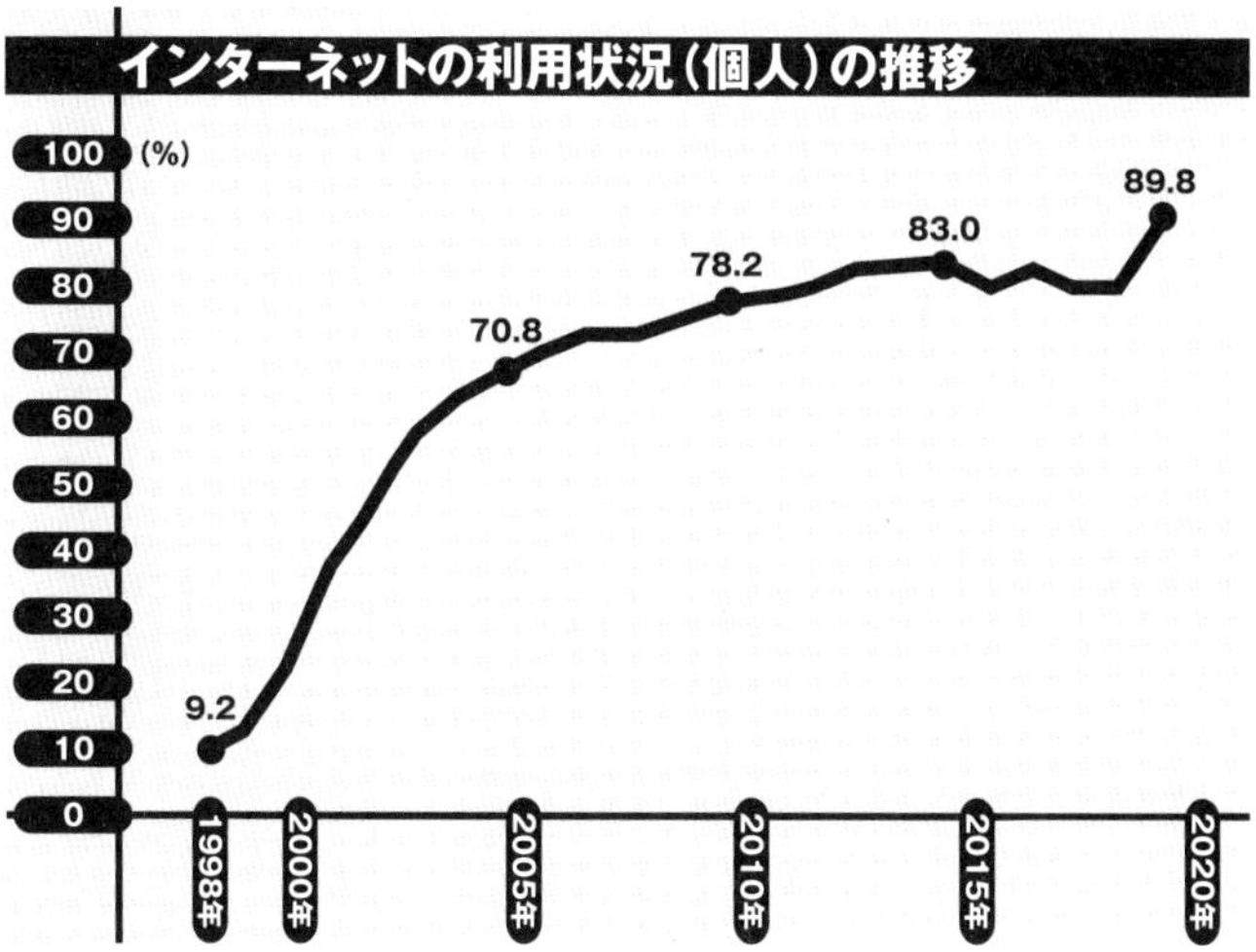

出典:総務省「通信利用動向調査」

在となりました。一九九八年のインターネットの利用状況は9・2％に留まっていましたが、二〇二〇年にはなんと89・8％と約10倍に成長を遂げています。インターネットの爆発的な普及に伴い、川柳からは、様々な活用方法、思いが垣間見られます。足元の新型コロナウイルス感染拡大と5G（第5世代移動通信システム）の商用サービス開始が重なり、インターネットを活用したオンラインサービスは多様化していくでしょう。今後創造されるサービスは、私たちにどのような景色を見せてくれるのか期待が膨らみます。

ケイタイ・スマホ

カメラ付き携帯からスマホへ

携帯電話で撮った写真をメールでやりとりする画期的なサービスが登場。

第12回 一九九八年

ケイタイを入れたかばんを不携帯
ケンケン

第14回 二〇〇〇年

「いま電車」だったらすぐ切れそのケータイ
小心童子

第25回 二〇一一年

携帯にやっと慣れたら皆スマホ
まめまろ

第27回 二〇一三年

薄くなるスマホと俺の髪の毛と
いたずら耕介

第33回 二〇一九年

メモを取れ言えばスマホを部下が出し
石笑

令和の時代を迎え、スマートフォンを保有している世帯の割合は、二〇一一年の9・7%から大きく進展し、二〇二〇年は83・4%となりました。一方、二〇二〇年時点の固定電話の保有率69・0%、携帯電話・PHSの保有率12・7%と保有状況は低下の一途

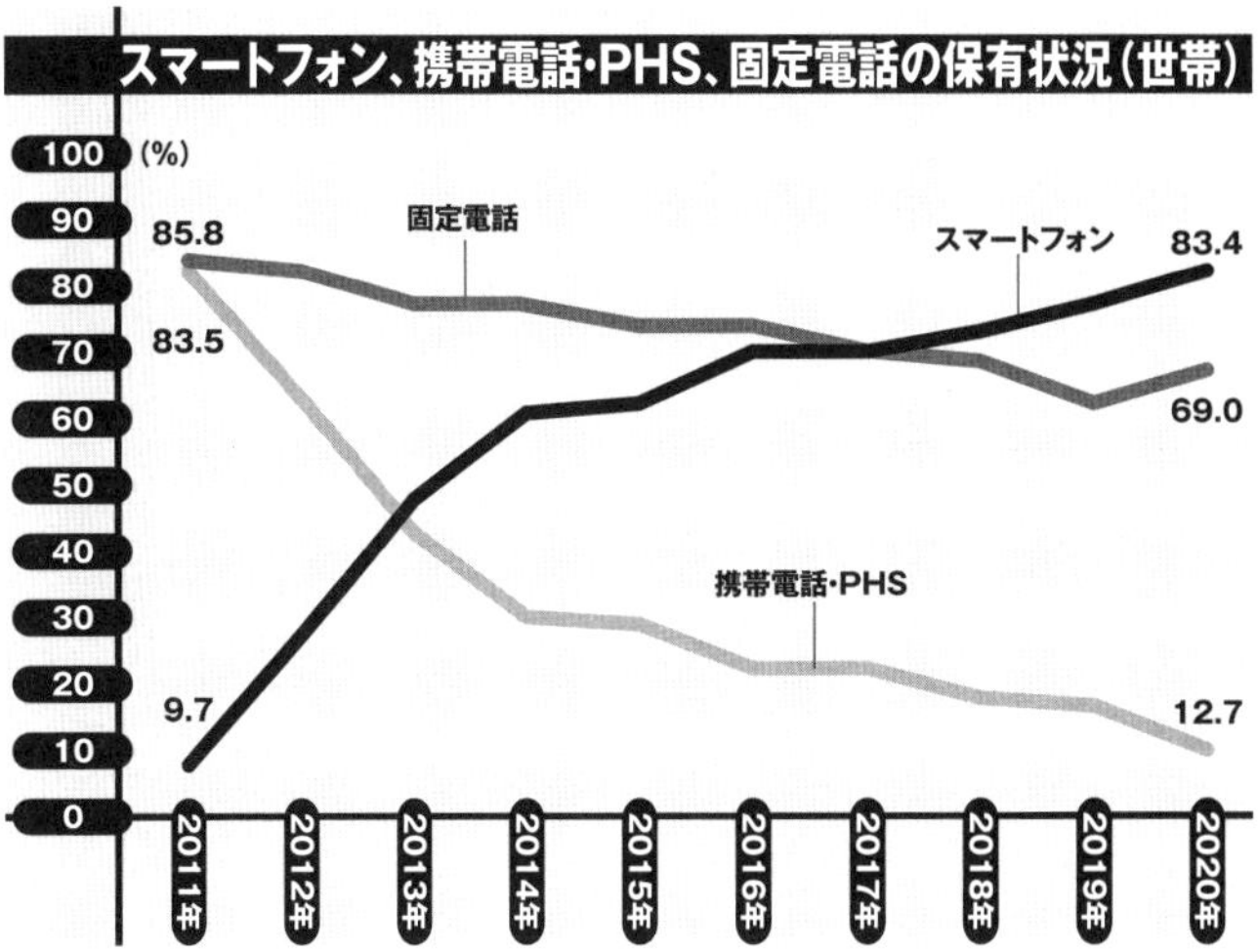

出典:総務省「通信利用動向調査」

を辿っています。固定電話は永らく通信機器の主役でしたが、二〇一八年を境にその座をスマホに譲っています。

　スマホがここまで利用されるようになった理由として、いつでもどこでも使えること、軽量で持ち運びに適していること、仕事や生活の中で簡単に使えるアプリがスマホに搭載されたことが挙げられるでしょう。二〇〇八年に初代・iPhoneが登場し、急速に進化を遂げたスマートフォンに対する思い、考え方は、世代間によって大きく異なり、戸惑いや驚きを詠む川柳が多いようです。

SNS

文字、画像、動画を投稿

知り合いだけでなく他人からもらう「いいね」で人気が爆発、定着した。

第25回 二〇一一年
ツイッター軽い気持ちで重い罪
しんちゃんの母

第31回 二〇一七年
辞めますもSNSで済ます部下
旧新人類

第31回 二〇一七年
間違えた！上司へライン「愛してる」
みゆな

第31回 二〇一七年
父からはライン見たかと電話来る
アカエタカ

第33回 二〇一九年
部下休むインスタ上では元気そう
中間管理職

SNSは、インターネットを介して、人間関係を作れるサービスを意味します。主な利用目的は、「知人とコミュニケーションのため」が最も多く、その後に「情報収集」や「ひまつぶし」と続きます。会社との連絡用に使っている人も多く、退職の申し出を

ソーシャルネットワーキングサービスの利用目的

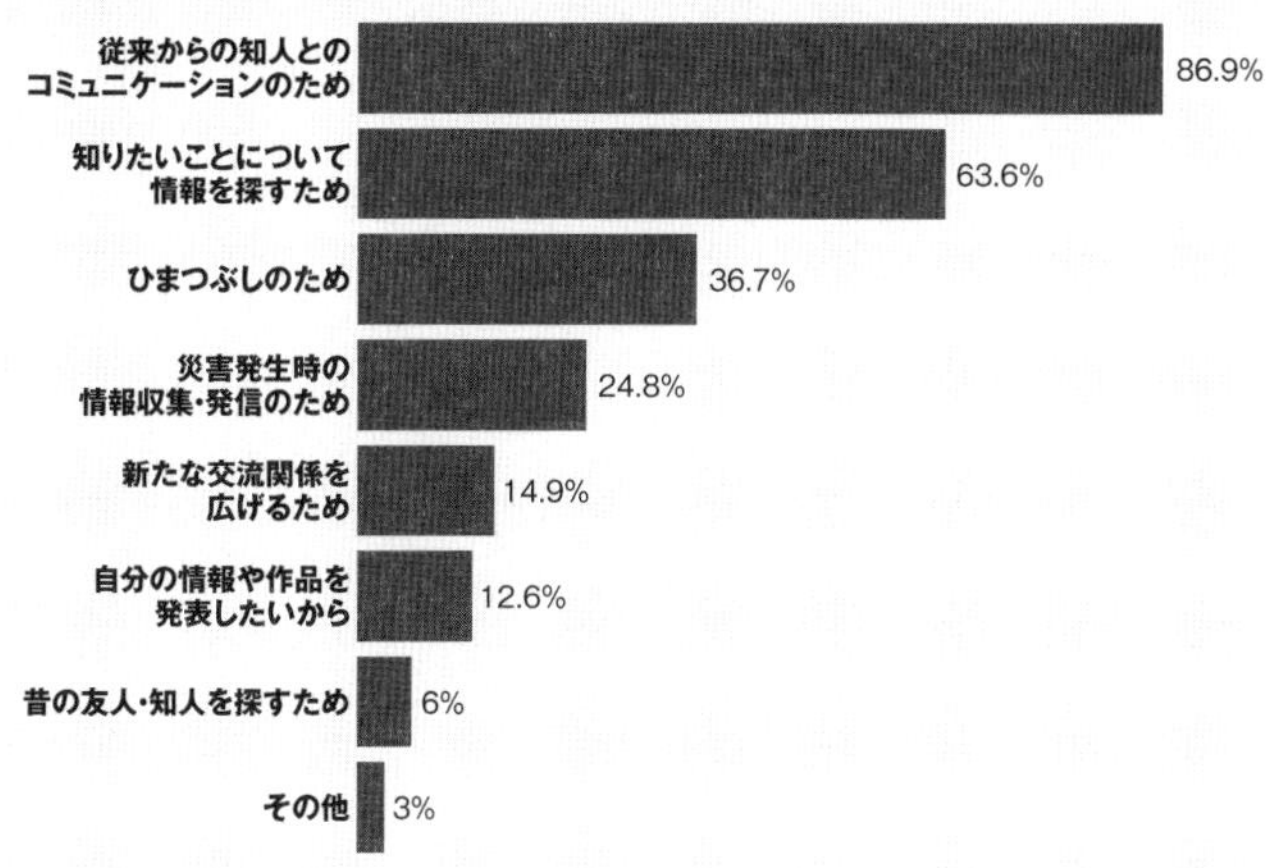

出典:総務省「通信利用動向調査」

ＳＮＳで行う猛者も現れました。最近では、文字だけでなく、画像や動画を投稿することも簡単にできるＳＮＳが登場し、「インスタ映え」といった流行語が生まれました。

便利な一方、配慮を欠いた投稿が拡散してしまい炎上するケースや、特定個人に対する誹謗中傷が社会問題に発展するケースも。ＳＮＳ利用にあたっては、投稿内容を閲覧する相手を思いやる気持ちが大切になります。川柳からも世代間でのＳＮＳに対する思い、使い方の違いが垣間見られます。皆さんはどのように利用されていますか？

ＡＩ

膨大なデータを有効活用

さまざまな業界でニーズが高まり、進化しつづけるデジタル化の象徴。

第30回 二〇一六年
妻の勘ＡＩ《エーアイ》よりも優れてる
待機板星

第31回 二〇一七年
ＡＩに話し掛けられ会釈する
エミテン

第32回 二〇一八年
ＡＩに俺の未来を訊ねたい
まさあき

第32回 二〇一八年
人事異動オレの後任人工知能
Ａ.Ｉ.

第33回 二〇一九年
愚痴を言う相手はＡＩスピーカー
ＫＥＮＺ

ＡＩは日本語で人工知能を意味します。川柳では、職場や家庭において、わからないことをＡＩに訊きたい、人間の方がＡＩより優れているのではないか等のＡＩに対する様々な思いが詠まれています。ＡＩの歴史は古く、一九六〇年代の第一次ＡＩブームと冬

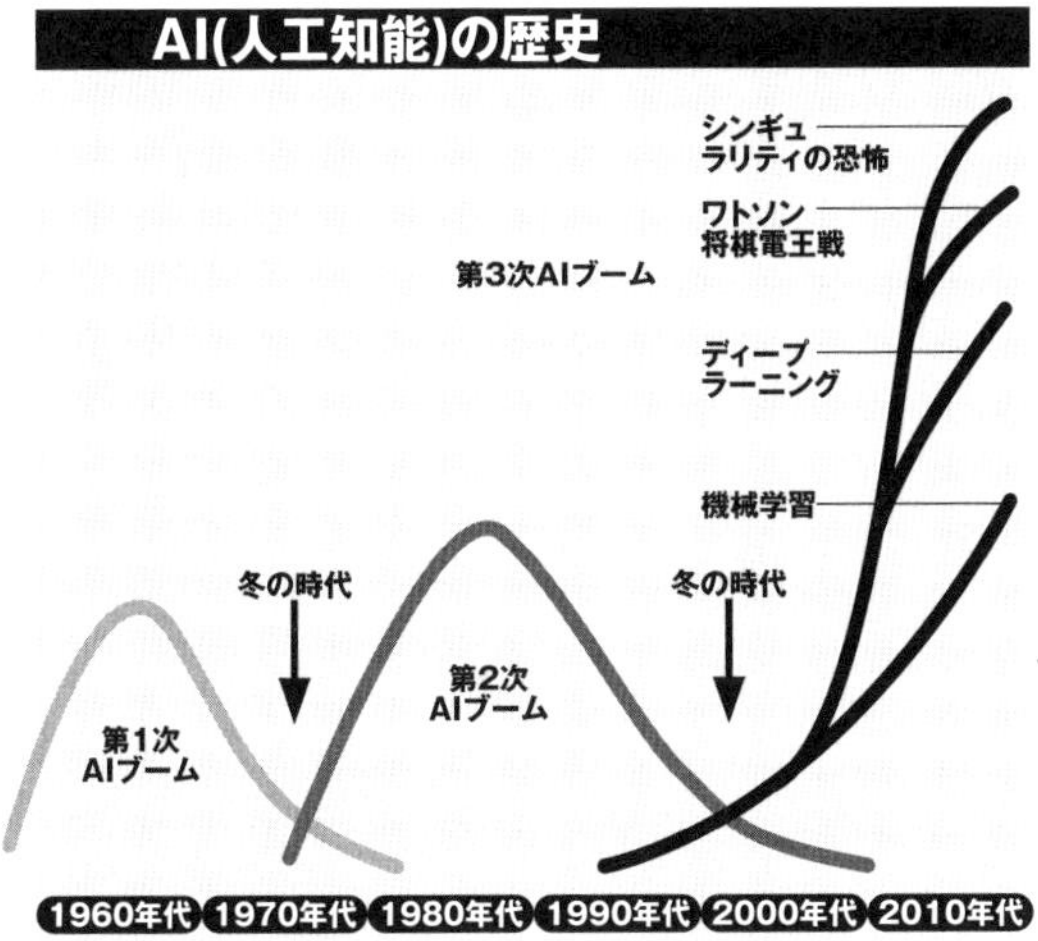

出典:『人工知能は人間を超えるか ディープラーニングの先にあるもの』
松尾 豊(著) KADOKAWA 発行

の時代、一九八〇年代の第二次ＡＩブームと冬の時代を経て、第三次ＡＩブームの真っ只中にあります。「三度目の正直」ということわざがありますが、第三次ＡＩブームの後、春の時代を迎えられるのかは大きな関心事となっています。

　現在、機械学習やディープラーニングといった新しいＡＩ技術の登場により、将棋やクイズの世界においては、ＡＩの持つ能力は人間を凌駕しています。二〇四五年には「シンギュラリティ」と呼ばれる、ＡＩが人間の知能を超える時点が来るという予測もあり、ＡＩに期待する気持ちと失望する気持ちが混在しながらＡＩの進化は拡大していくでしょう。

キャッシュレス

現金以外の支払い方法が多様化

会計が便利＆スピーディに。今後ますます進みそうなサービスの筆頭。

第5回 一九九一年
見栄を張る昔札束今カード
カードマン

第18回 二〇〇四年
レジの前まごつく親に子はカード
川柳大好き

第33回 二〇一九年
割り勘でオレだけ現金そっと出し
ピロリ聖人

第33回 二〇一九年
登録がストレスだらけのキャッシュレス
デビューじじい

第33回 二〇一九年
お小遣いＬＩＮＥでねだりペイを待つ
キャッシュレス派パパ

クレジットカード、デビットカード、電子マネー、ＱＲコードを活用した決済をキャッシュレスといいます。世界各国のキャッシュレス比率を見ると、日本のキャッシュレス比率は約20%に留まっています。政府は、二〇二五年六月までに、キャッシュレス決済比率を倍増し、四割

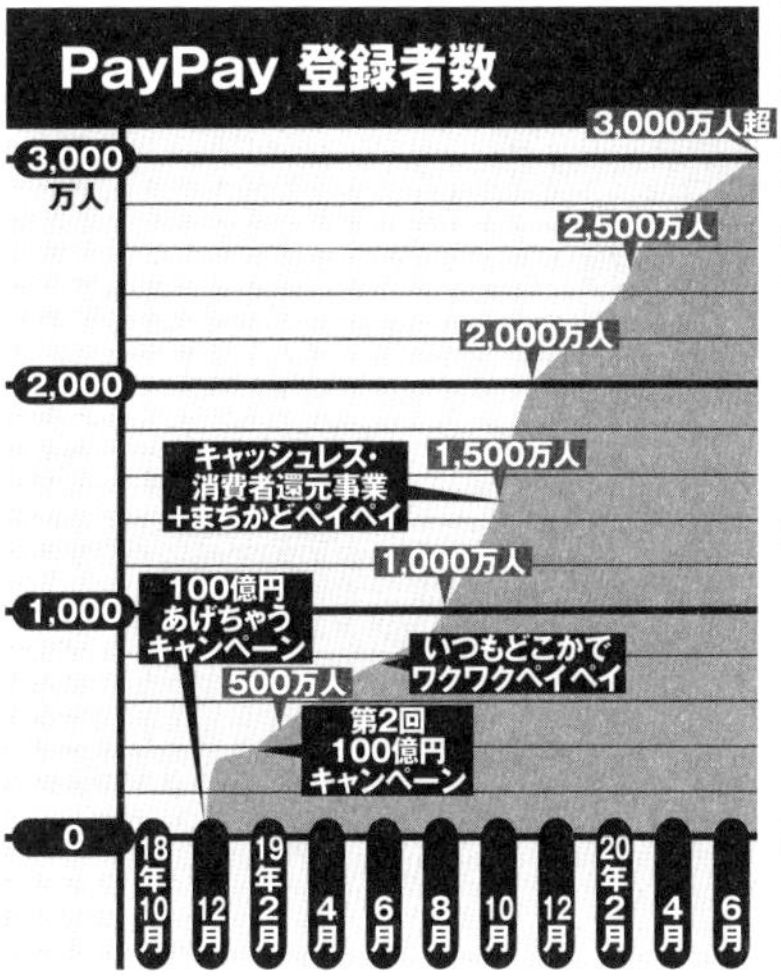

出典:PayPay 株式会社

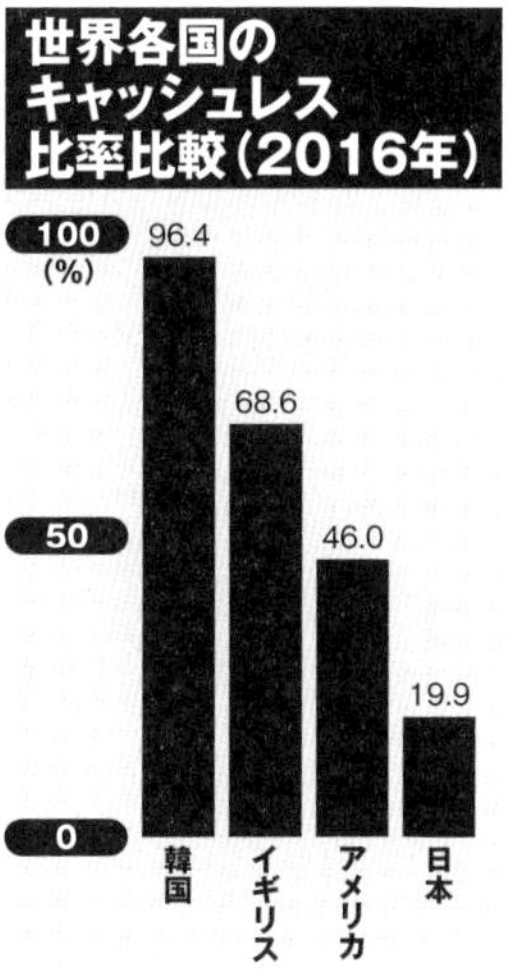

出典:経済産業省
「キャッシュレスの現状及び意義」

程度にすることを目指しています。

最近では、QRコードを活用した新しいお金のやりとりがされていることが川柳からうかがえます。例えば、飲食した際のお代の割勘に使ったり、なんとかペイを使ったお小遣いのやりとりなど、以前では考えられなかった発明といえるでしょう。一方でキャッシュレスを使うことにストレス、恐れ、戸惑いを感じている人もいるようです。ライフスタイルと同様に多様化するキャッシュレス……あなたが使いやすいキャッシュレスを選択していけばよいのではないでしょうか。

監修：第一生命経済研究所　2020年9月発表

一九九〇

海外渡航者が初の一千万人突破！

第4回　平成2年募集

第2位　一戸建手が出る土地は熊も出る　ヤドカリ

第3位　父帰る一番喜ぶ犬のポチ　ポチ

第4位　運動会抜くなその子は課長の子　ピーマン

第6位　石油危機！使って下さい皮下脂肪　八方美人

第7位　親の希望《ゆめ》つぎつぎ消して子は育つ　月峰

第8位　ああ言えばこう言う奴ほど偉くなり　平社員一同

第9位　よく言うよ金は天下で回りっぱなし　金欠なめちゃん

第10位　久々の化粧に子どもあとずさり　素顔の女

*著作権者の意向により、掲載しない作品があります。人気投票の順位に変更はありません。

●主な出来事

3月　ゴルバチョフ、ソ連大統領就任。大蔵省が金融機関に対し、不動産融資の総量規制。**4月**　大阪府で「花の万博」開幕。**6月**　秋篠宮家創設。**8月**　イラクがクウェートに侵攻。**10月**　東西ドイツ統一。**11月**　任天堂「スーパーファミコン」発売。

●新語・流行語

ファジィ、〝ブッシュホン〟、オヤジギャル、バブル経済

一九九一

湾岸戦争勃発！

第5回　平成3年募集

第1位　まだ寝てる帰ってみればもう寝てる　遠くの我家

第2位　ボーナス日ウラをかえせば返済日　若手役員

第3位　陰口をたたくやつほどゴマをすり　世渡り上手

第4位　一戸建てまわりを見ると一戸だけ　貝満ひとみ

第5位　恋女房何時《いつ》か知らずに肥え女房　スリム願望

第6位　会議中うなづく者ほど理解せず　よみ人知らず

第7位　年とらない秘密教えてサザエさん　よみ人知らず

第8位　上役の命令ファジーで僕ビジー　イエスマン

第9位　知りませんそれは私の担当外　役所マン

第10位　F1を1階フロアという課長　なるほど

●**主な出来事**
1月　多国籍軍がイラク空爆。湾岸戦争。**4月**　100円ショップダイソー1号店。自衛隊、ペルシャ湾へ初の海外派遣。**5月**　ディスコ「ジュリアナ東京」開店。**6月**　雲仙普賢岳噴火による大火砕流発生。**8月**　「WWW」ネットサービス開始。**12月**　ソ連崩壊。

●**新語・流行語**
…じゃあ～りませんか、若貴、損失補填、チャネリング

一九九二

東海道新幹線「のぞみ」運転開始

第6回

平成4年募集

第1位　いい家内10年経ったらおっ家内　自宅拒否症

第3位　さからわずいつも笑顔で従わず　不良OL

第5位　Tバック俺にもくれと湯呑出す　吉北八太郎

第6位　頑張れよ無理をするなよ休むなよ　ビジネスマン

第7位　厚化粧ハエはとまれど蚊は刺せず　タイガージェットシーン

第8位　五億円我が家で貯めれば五億年　まりも

第9位　はいやりますすぐやりますそのまんま　おもいあたるふし男《お》

第10位　クレジット支払いかさみ暮れじっと　カード趣味

＊著作権者の意向により、掲載しない作品があります。人気投票の順位に変更はありません。

●**主な出来事**

4月　尾崎豊死去。ロサンゼルス暴動。**5月**　公務員完全週休二日制。**6月**　PKO協力法案成立。**7月**　バルセロナ五輪、水泳の岩崎恭子ら金。**8月**　5億円献金問題で金丸信自民党副総裁辞任。**9月**　日本人宇宙飛行士、毛利衛「エンデバー号」搭乗。

●**新語・流行語**

きんさん・ぎんさん、ほめ殺し、もつ鍋、冬彦さん

一九九三

Jリーグ開幕！

第7回
平成5年募集

第1位 **連れ込むな！わたしは急に泊まれない** 紫武都

●**主な出来事**
1月 曙、外国人初の横綱昇進。**5月** プロサッカー「Jリーグ」開幕。**6月** 皇太子徳仁親王と小和田雅子さま結婚の儀。**7月** 北海道南西沖地震で奥尻島中心に被害。**8月** 細川連立内閣発足、自民党の「55年体制」崩壊。**12月** 田中角栄死去。

●**新語・流行語**
サポーター、清貧、規制緩和、聞いてないよォ、お立ち台

第3位 耐えてきたそう言う妻に耐えてきた マスオ

第4位 「妻」の字が「毒」に見えたら倦怠期 FA宣言できない夫

第5位 休暇とれ5時には帰れ仕事せよ 時短推進委員

第6位 帰りぎわとらなきゃよかったこの電話 5時に帰る子

第7位 ナタ・デ・ココどこを切るのと聞くオヤジ オジサン代表

第8位 Jリーグトイレ混んでてカズダンス カズ大スキ

第9位 お茶入れたにくたらしいから指入れた よみ人知らず

第10位 あさ不調ひるまあまあでよる元気 ノリマサデース

＊著作権者の意向により、掲載しない作品があります。人気投票の順位に変更はありません。

一九九四

イチローが初の200安打達成！

第8回　平成6年募集

第1位　やせてやる!!コレ食べてからやせてやる!!

栗《クリ》饅頭《マンジュウ》之《ノ》命《ミコト》

第2位　宝くじ馬鹿にしながら根は本気　バブル人

第3位　ふりむくな運転中と化粧中　太鼓秀吉

第4位　父帰る娘出かける妻眠る　欠く家族

第5位　イチローを越えたと二浪の息子言い　ながしめ監督

第6位　ようやった!!事情が変ったなぜやった!!　無責任上司

第7位　バット持つこの子は不良か一億か　ウォルター

第8位　物かくせ今日はむすめの里帰り　親馬鹿チャンリン

第9位　太るならおいしいもので太りたい　美食家

第10位　塩美容そのまま寝たら一夜漬　漬け物好き

●**主な出来事**

5月　ネルソン・マンデラ、南アフリカ共和国初の黒人大統領。**6月**　村山連立内閣発足。**7月**　インターネット書店「Amazon.com」創業。**8月**　「ジュリアナ東京」閉店。**10月**　大江健三郎、ノーベル文学賞決定。**12月**　ソニー「プレイステーション」発売。

●**新語・流行語**

価格破壊、ヤンママ、大往生、ゴーマニズム、関空

一九九五

阪神・淡路大震災、地下鉄サリン事件

第9回

平成7年募集

第1位 『ゴハンよ』と呼ばれて行けばタマだった

窓際亭主

第2位 ダイエット今食べたのは明日の分　スマート田口

第3位 人が減り給料減って仕事増え　あんどうなつ

第4位 やせるお茶せっせと飲んで水ぶとり　プアール

第5位 なぜ太る同じ食事で妻だけが　太りたい夫

第6位 ダイエット形状記憶で元どおり　珍素材

第7位 そっと起きそっと出掛けてそっと寝る　やさしい夫

第8位 忘年会図に乗り過ぎて送別会　課長 島津多耕作

第9位 カーナビを使える頃には道覚え　百楽太郎

第10位 クラス会担任よりも老けた奴　落第生

●**主な出来事**
1月　阪神・淡路大震災。**3月**　オウム真理教による地下鉄サリン事件。**4月**　東京都知事に青島幸男当選。**5月**　テレサ・テン死去。**7月**　ＰＨＳのサービス開始。「プリント倶楽部（プリクラ）」発売。**10月**　アニメ「新世紀エヴァンゲリオン」放送開始。

●**新語・流行語**
無党派、ＮＯＭＯ、がんばろうＫＯＢＥ、ポア

一九九六

初の小選挙区比例代表並立制選挙

第10回

平成8年募集

第1位

「早くやれ」そういうことは早く言え

新舞い

第2位　ジミ婚がはやってほしいと願う親　ウチは三人娘

第3位　パパ似だと言われ泣きだすわが娘　美人妻をもつ夫

第4位　SMAPをどこの地図だと聞くおやじ　時代おくれ

第5位　「知恵を貸せ」貸したらおしまい「君がやれ」　口達者

第6位　窓際もだん〳〵増えて活気出る　愛す亭

第7位　胃じゃなくてチョーがムカツク女子高生　胃腸薬

第8位　ウィンドウズ窓はあけたがしめられず　ドロボー

第9位　退社ベル鳴ったとたんに去る眠気　半可通

第10位　ダイエット乗馬に通い馬がやせ　うっかりママ

●**主な出来事**
2月　任天堂「ポケットモンスター」発売。**3月**　カプコン、PS用「バイオハザード」発売。**4月**「Yahoo! Japan」のサービス開始。**7月**　クローン羊「ドリー」誕生。**8月**　渥美清死去。**10月**　初の小選挙区比例代表並立制衆院選。**11月**　バンダイ「たまごっち」発売。

●**新語・流行語**
自分で自分をほめたい、メークドラマ、チョベリバ

一九九七

消費税5%に

第11回

平成9年募集

第1位　わが家では子供ポケモンパパノケモン　万年若様

第2位　入歯見て目もはずしてとせがむ孫　ハッスル爺さん

第3位　売る人の顔見てやめた化粧品　詩主

第4位　ポケモンの名前おぼえて九九いえず　そらまめ

第5位　貯金なし証券もなし被害なし　平成（平静）サラリーマン

第6位　管理職ハンコがあれば留守がいい　狭山茶薫

第7位　ピアスまではずしてはかる体重計　乙女の祈り

第8位　ワープロを頼む上司の字が読めぬ　和尚

第8位　「何食べたい？」聞くな作ったことがない　料理教室

第10位　目で言うな言いたいことは口で言え　なんちゃって

●**主な出来事**

2月　渡辺淳一の『失楽園』刊行。**4月**　消費税が5%にアップ。**5月**　神戸連続児童殺傷事件。**7月**　香港が中国に返還。**8月**　ダイアナ元皇太子妃事故死。**11月**　山一證券が経営破綻、自主廃業。**12月**　気候変動に関する「京都議定書」採択。

●**新語・流行語**

失楽園、ガーデニング、もののけ姫、マイブーム

一九九八

物価横ばい、賃金は下落

第12回

平成10年募集

第1位　コストダウンさけぶあんたがコスト高　四万十川 信彦

第2位　女房が腹でしてみるだっちゅうの　エレキ猫

第3位　恋人がいるかと聞かれ「はいいります」　西川 續澄子《かずこ》

第4位　ブリはいい！生きてるだけで出世する　アトムの息子

第5位　子は宝商品券で再確認　仕事好き夫

第6位　「ちょっと来い」ちょっとであったためしない　ももんがんが

第7位　できるなら女房初期化してみたい　中年パソコン魔

第8位　仕事しろ残業するな成果出せ　頭古風男

第8位　うわさの木根も葉もないのに良く育つ　読み人知らず

第10位　妻だから運転できる火の車　藤原湖

●**主な出来事**

2月　郵便番号7桁に。長野冬季五輪、スキーの船木和喜ら金5個。**4月**　4党合流で（新）民主党結成。**6月**　完全失業率、男女とも4％超え。サッカーW杯、日本初出場。**7月**　小渕内閣発足。**8月**　北朝鮮、ミサイル発射実験。**12月**　米英、イラク空爆。

●**新語・流行語**

凡人・軍人・変人、だっちゅーの、貸し渋り、老人力

一九九九

Y2K（西暦2000年）問題

第13回
平成11年募集

第1位 プロポーズあの日にかえってことわりたい　恐妻男

第2位 ハイ！できます上司は言うがやるのオレ！　しがらみ

第3位 出来ちゃった結婚しちゃった飽きちゃった　三日茶髪

第4位 気分良く一〇〇円ショップでムダ遣い　好景気

第5位 風呂の順オヤジ最後で掃除つき　オヤジサマ

第6位 ボーナスにはかせてみたい厚底を　案山子

第7位 Y2Kどんな間取りだ室《へや》いくつ　ハセジイ

第8位 やってみろ！言うならお手本してみせろ!!　トモサカ

第9位 新社員紹介されたら父だった　リストラの父の子

第10位 赤ちょうちん会議の時より意見でる　サラリーマンA

●**主な出来事**
1月 欧州圏の通貨「ユーロ」発足。**2月** 日銀、ゼロ金利政策導入。NTTドコモ「iモード」サービス開始。**4月** 東京都知事に石原慎太郎当選。**5月** ソニーが家庭用ロボット「AIBO」限定受注販売。**6月** 男女共同参画社会基本法成立。

●**新語・流行語**
学校崩壊、カリスマ、リベンジ、西暦2000年問題、癒し

二〇〇〇

「Google」が日本語版サービス開始

第14回

平成12年募集

第1位 **ドットコムどこが混むのと聞く上司** ネット不安

第2位 赤い糸やがて夫婦はコードレス　チャーシューマン

第3位 仕事やれ人に言わずにお前やれ　ピカチュウ

第4位 部分痩せしたい所が大部分　木守

第5位 素顔見ただますつもりがだまされた　新婚の夫

第6位 イチローの三日分だよ我が年収　ミスターA

第7位 「任せた」は「俺は知らん」の丁寧語　愛亭角衛

第8位 続柄あわてて「妻」を「毒」と書き　いじめられ夫

第9位 土地もある家もあるのに居場所なし　恐妻家人

第10位 メル友に会ってみたら我が主人　沙羅仙人

●主な出来事
3月 プーチン、ロシア大統領就任。**4月** 介護保険制度施行。都営地下鉄12号線が「大江戸線」と改称。**7月** 三宅島噴火。**9月** シドニー五輪、マラソンの高橋尚子ら金5個。「Google」が日本語版サービス開始。**10月** 長野県知事に田中康夫当選。

●新語・流行語
IT革命、ジコチュー、パラパラ

二〇〇一

9・11アメリカ同時多発テロ勃発！

第15回

平成13年募集

第1位 デジカメのエサはなんだと孫に聞く　浦島太郎

第2位　「窓際」もいまや高嶺の激戦区　席なし男

第3位　職安で働かせろよこの盛況　南馬志良人

第4位　国民にしわ寄せよりも幸せを　木守

第5位　社の幹部裏を返せば社の患部　美人OL

第6位　へそくりは千と小ぜにの金《かね》隠し　とっちゃんのママ

第7位　iモード妻にもほしい愛モード　独楽

第8位　リストラはないのかモー娘。また増員　グルグル

第9位　まじっスカスカがついてていねい語　サラ川小町

第10位　リストラも労災ですかと聞く社員　柳の舞

●**主な出来事**
1月　インターネット百科事典「Wikipedia」英語版開始。ブッシュ、アメリカ大統領就任。**4月**　小泉内閣発足。**7月**　宮崎駿監督の「千と千尋の神隠し」公開。**9月**　アメリカ同時多発テロ。**12月**　敬宮愛子内親王誕生。「ハリー・ポッターと賢者の石」日本公開。

●**新語・流行語**
聖域なき改革、米百俵、狂牛病、ＤＶ

二〇〇二

日韓共催サッカーW杯

第16回

平成14年募集

第1位 タバコより体に悪い妻のグチ　小心亭主

第2位 やめてやる三億当たれば言ってやる！　小心者

第3位 ついに来た俺も週休七日制　山川 草木

第4位 髪型は息子ベッカム父ジダン　P・K

第5位 化粧とりプールに入ったママはどこ　迷える羊

第6位 いやし系うちにいるのはいあつ系　ますお

第7位 年収はゴジラ松井の一打席　上段赤7

第8位 上司どもパソコン見ないで現場見ろ!!　営業ウーマン

第9位 本物のビール買ったら妻激怒　発泡美人

第10位 「オーイお茶」次の言葉は「入ったぞ」　調味料

●**主な出来事**

1月　ブッシュ大統領「悪の枢軸」発言。**4月**　完全学校週五日制が開始。**5月**　日韓共催のサッカーW杯開幕。**8月**　住基ネット開始。**10月**　小柴昌俊にノーベル物理学賞、田中耕一にノーベル化学賞決定。北朝鮮拉致被害者5人が帰国。

●**新語・流行語**

タマちゃん、W杯、貸し剝し、内部告発

二〇〇三

イラク・フセイン政権崩壊！

第17回

平成15年募集

第1位 「課長いる？」返ったこたえは「いりません！」
ごもっとも

第2位 『前向きで』駐車場にも励まされ　プラス思考

第3位 やめるのか息子よその職俺にくれ　独楽

第4位 妻の声昔ときめき今動悸　紙風船

第5位 メール打つ早さで仕事がなぜ出来ぬ　年末調整

第6位 恋仇譲れば良かった今の妻　卜占《ボクセン》

第7位 知っている部長の香水ファブリーズ　ペットなみ

第8位 父見捨て子供プレステ母エステ　空とぶ竹ぼうき

第9位 体重計踏む位置ちょっと変えてみる　彩のパパ

第10位 「ご飯いる？」「いる」の返事で妻不機嫌　耐える夫

●**主な出来事**

1月 横綱貴乃花、引退発表。朝青龍、横綱昇進。**2月** アメリカのスペースシャトル・コロンビア号空中分解事故。**3月** イラク戦争始まる。**4月** NHK・BSで「冬のソナタ」放送開始。イラク・フセイン政権崩壊。六本木ヒルズ開業。**5月** 個人情報保護法成立。

●**新語・流行語**

マニフェスト、SARS、バカの壁、へぇ〜

二〇〇四

「mixi」開始、SNS時代の到来

第18回　平成16年募集

第1位　オレオレに亭主と知りつつ電話切る　反抗妻

第2位　ぺと言えば母はヨンジュン父加トちゃん　夢と現実

第3位　「振り込め」と言われたその額持ってない　とっちゃんのママ

第4位　ヨン様かあオレは我家でヨソ様さ　凍児

第5位　有害だ「まぜるな危険!」嫁《よめ》姑《しゅうと》　漂泊亭主

第6位　オレオレはマツケンサンバだけでいい　鷺《サギ》羽《ハ》嫌《イヤ》太《ダ》

第7位　「残念!」と俺の給料妻が斬《き》り　切腹パパ

第8位　「何食べる?」何があるのか先に言え　心のつぶやき

第9位　所得税所得増えずになぜ増える。　税金泣かされ夫

第10位　ケンカしてわかった妻の記憶力　機関銃

●**主な出来事**

1月　山口県で鳥インフルエンザ発生。**2月**　SNS「mixi」サービス開始。**3月**　改正労働者派遣法施行。**8月**　関西電力美浜原発蒸気漏れ事故で5人死亡。アテネ五輪、柔道など金16個。**10月**　新潟県中越地震。**11月**　20年ぶりの新紙幣発行。

●**新語・流行語**

気合だー!、負け犬、新規参入、ヨン様

二〇〇五

オフィスにクールビズ導入

第19回

平成17年募集

第1位　昼食は妻がセレブで俺セルフ　一夢庵

第2位　年金はいらない人が制度決め　元平社員

第3位　ウォームビズふところ常にクールビズ　環境財務大臣

第4位　二歳だろトロウニ選ぶな卵食え　読み人知られたがらず

第5位　妻の口マナーモードに切りかえたい　ポチのパパ

第6位　片付けろ！言ってた上司が片付いた　清掃業者

第7位　痩せるツボ脂肪が邪魔し探せない　雪乃このひとりごと

第8位　ダイエット食費以上に金かけて　蓮華

第9位　「買っていい？」聞く時既に買ってある　エレキ猫

第10位　散髪代俺は千円犬一万　下流の夫

●**主な出来事**
2月「YouTube」設立。**3月** カカクコムが「食べログ」開設。愛知県で「愛・地球博」開催。島根県が条例で「竹島の日」制定。**4月** 中国で反日デモが激化。**7月** ロンドン同時多発テロ。**8月** 衆議院「郵政解散」。**10月** 郵政民営化関連法案成立。

●**新語・流行語**
小泉劇場、想定内、クールビズ、富裕層、萌え～、ブログ

二〇〇六

第20回

平成18年募集

エロカワイさと品格と

第1位 **脳年齢年金すでにもらえます** 満33歳

第2位 このオレにあたたかいのは便座だけ　宝夢卵

第3位 犬はいい崖っぷちでも助けられ　オレも崖っぷち

第4位 アレどこだ?・アレをコレするあのアレだ!　読み人知らず

第6位 忘れぬようメモした紙をまた捜す　敢山

第7位 イナバウアー一発芸で腰痛め　小太《こぶと》りおじさん

第8位 「ご飯ある?」「ツクレバアルケド」「ならいいです…」　腹減った

第9位 脳トレをやるなら先に脂肪トレ　鉄人28年生れ

第10位 たまったなぁお金じゃなくて体脂肪　サラ川小町

＊著作権者の意向により、掲載しない作品があります。人気投票の順位に変更はありません。

●**主な出来事**

1月　ライブドア事件。**2月**　トリノ冬季五輪、スケートの荒川静香が金。**8月**　山中伸弥教授らが「iPS細胞」作製成功。夏の甲子園で斎藤佑樹投手の早稲田実業優勝。**9月**　悠仁親王誕生。安倍連立内閣発足。**12月**　地上デジタル放送が全国で開始。

●**新語・流行語**

イナバウアー、ハンカチ王子、ミクシィ、品格、エロカワイイ

二〇〇七

「iPhone」発売、スマホの時代へ!

第21回　平成19年募集

第1位　「空気読め!!」それより部下の気持ち読め!!　のりちゃん

第2位　「今帰る」妻から返信「まだいいよ」　えむ

第3位　減っていく…ボーナス・年金　髪・愛情　ピュアレディ

第4位　円満は見ざる言わざる逆らわず　ソクラテス

第5位　ゴミだし日《び》すてにいかねばすてられる　読み人知らず

第6位　「好きです」とアドレス間違え母さんに　蒼空

第7位　国民の年金、損なの関係ねえ　官僚

第8位　社長より現場を良く知るアルバイト　岩手一戸の人

第9位　赤字だぞあんたが辞めればすぐ黒字　はぐれ鳥

第10位　「いつ買った?」返事はいつも「安かった」　騙されない夫

●主な出来事
1月　アップル「iPhone」発表。東国原英夫、宮崎県知事就任。**2月**　年金記録もれ発覚。**5月**　国民投票法成立。**7月**　学校裏サイトによるいじめで高校生自殺。**8月**　サブプライム問題顕在化。**9月**　福田連立内閣発足。**10月**　船場吉兆偽装問題。

●新語・流行語
ネットカフェ難民、鈍感力、食品偽装、大食い

二〇〇八

リーマン・ショックで経済大打撃！

第22回　平成20年募集

第1位　しゅうち心なくした妻はポーニョポニョ《オーマイガット》

第2位　久しぶりハローワークで同窓会　転起

第3位　ぼくの嫁国産《こくさん》なのに毒《どく》がある　歩人

第4位　朝バナナ効果があったのお店だけ　品切れ店長

第5位　やせたのは一緒に歩いた犬の方　花鳥風月

第6位　「ストレスか？」聞かれる上司がその原因　読み人知らず

第7位　コスト下げやる気も一緒に下げられる　敏腕経営者

第8位　「パパがいい！」それがいつしか「パパはいい」　はりきりパパ

第9位　胸《むね》よりも前《まえ》に出《で》るなと腹《はら》に言《い》う　えんどうまめ

第10位　篤姫に仕切らせたいな国会を　玲子命

●**主な出来事**

1月　NHK大河ドラマ「篤姫」。中国産冷凍餃子中毒事件。**4月**　後期高齢者医療制度、特定健康診査（メタボ検診）開始。「Twitter」日本語版開始。**5月**　「Facebook」日本語版開始。**6月**　秋葉原通り魔殺人事件。**9月**　リーマン・ショック。麻生内閣発足。

●**新語・流行語**

アラフォー、名ばかり管理職、ゲリラ豪雨

二〇〇九

衆院選で民主党勝利、政権交代！

第23回 平成21年募集

第1位 仕分け人妻に比べりゃまだ甘い　北の揺人

第2位 「先を読め！」言った先輩リストラに　山悦

第3位 ただいまは犬に言うなよオレに言え　さらば地球

第4位 「離さない！」10年経つと話さない　倦怠夫婦

第5位 すぐ家出諭吉はわが家の問題児　甘下り

第6位 先を読め読めるわけない先がない　先端社員

第7位 こどもでも店長なのにと妻なげく　みいみい

第8位 体脂肪燃やして発電出来ないか　ちょびっと

第9位 70歳オラの村では青年部　長老A

第10位 妻キレて「来とうなかった嫁になど」　一見《いっけん》

●**主な出来事**
1月 オバマ、アメリカ大統領就任。**3月** 定額給付金支給開始。**5月** 裁判員制度開始。**8月** 衆院選挙で民主党勝利、政権交代。**9月** 鳩山由紀夫内閣発足。**10月** 厚労省、平成19年の相対的貧困率が15・7％と公表。**11月** 民主党政権による事業仕分け。

●**新語・流行語**
政権交代、草食男子、歴女、年越し派遣村

二〇一〇

ねじれ国会による政治混乱起こる

第24回　平成22年募集

第1位　久しぶり〜名が出ないままじゃあまたね〜　シーゲ

- 第2位　クレームも社員じゃわからんパート出せ　サラ川小町
- 第3位　何になる？　子供の答えは正社員　氷河期
- 第4位　ときめきは四十路《よそじ》過ぎると不整脈　ミセス ハッコ
- 第5位　指舐めてページをめくるアイパッド　化石パパ
- 第6位　ボーナスはメガネかけても飛び出さず　3D頼り夫
- 第7位　おこらすなママのいかりはパパにくる　ベスパパ
- 第8位　最近はケータイ無いと字が書けず　生徒会長
- 第9位　そびえ立つ妻は我が家のスカイツリー　やなぎびと
- 第10位　小遣いを下《ゲ》・下《ゲ》・下《ゲ》と下げる我が女房　目玉おやじ

●**主な出来事**
1月　日本年金機構発足。ＪＡＬが会社更生法適用申請。**2月**　バンクーバー冬季五輪。**3月**　ＮＨＫ朝ドラ「ゲゲゲの女房」。**5月**「iPad」日本で発売開始。**6月**　菅内閣成立。**7月**　参院選で自民党勝利、ねじれ国会に。**9月**　尖閣諸島で中国漁船衝突事件。

●**新語・流行語**
イクメン、ＡＫＢ48、女子会、「〜なう」

二〇一一

東日本大震災発生、福島原発で事故

第25回

平成23年募集

第1位　「宝くじ当たれば辞める」が合言葉　事務員A

第2位　女子会と聴《き》いて覗《のぞ》けば六十代　ビート留守

第3位　妻が言う「承知しました」聞いてみたい　大魔神

第4位　スマートフォン妻と同じで操れず　妻ーとフォン

第5位　EXCELをエグザイルと読む部長　怪傑もぐり33世

第6位　何気ない暮らしが何より宝物　考えボーイ

第7位　胃カメラじゃ決して見えない腹黒さ　レントゲン

第8位　立ち上がり目的忘れまた座る　健忘術数

第9位　定年後田舎に帰れば青年部　フミヤフレンドリークラブ

第10位　最近は忘れるよりも覚えない　てくてく

●主な出来事

1月　「アラブの春」の民主化運動開始。**3月**　東日本大震災発生。東京電力福島第一原発事故。**5月**　米軍、オサマ・ビンラディン殺害。**6月**　「LINE」サービス開始。**7月**　地上アナログ放送終了。**9月**　野田内閣成立。**10月**　スティーブ・ジョブズ死去。

●新語・流行語

なでしこジャパン、絆、スマホ、帰宅難民

二〇一二

第二次安倍内閣発足

第26回

平成24年募集

第1位 いい夫婦今じゃどうでもいい夫婦

マッチ売りの老女

第2位 電話口「何様ですか？」と聞く新人　吟華

第3位 「辞めてやる！」会社にいいね！と返される　元課長

第4位 風呂にいたムカデ叩けばツケマツゲ　おやじパニュパニュ

第5位 ダルビッシュ一球だけで我が月給　ABNA48

第6位 スッピンでプールに入り子が迷子　アジ

第7位 人生にカーナビあれば楽なのに　元サラ

第8位 すぐキレる妻よ見習えＬＥＤ　忍耐夫

第9位 ワイルドな妻を持つ俺女々しくて　あんこもち

第10位 何かをね忘れたことは覚えてる　万華鏡

●主な出来事
1月 天皇陛下、心臓手術。**5月** 東京スカイツリー開業。**7月** 格安航空会社「ジェットスター・ジャパン」就航。**9月** 尖閣諸島の3島を国有化。**10月** オスプレイ、普天間基地に配備。山中伸弥教授、ノーベル生理学・医学賞決定。**12月** 第二次安倍内閣発足。

●新語・流行語
iPS細胞、維新、終活、格安航空会社（LCC）

二〇一三

大胆な金融緩和政策で円安、株高に

第27回　平成25年募集

第1位　うちの嫁後ろ姿はフナッシー　段三つ

●主な出来事

1月　アルジェリア人質事件。**2月**　ふなっしー、CMに登場。朴槿恵、韓国大統領就任。**4月**　NHK朝ドラ「あまちゃん」。**5月**　出雲大社、平成の大遷宮。**9月**　2020年東京五輪開催決定。**10月**　伊勢神宮、式年遷宮。**12月**　特定秘密保護法成立。

●新語・流行語

今でしょ！、お・も・て・な・し、じぇじぇじぇ、倍返し

第2位　もの忘れべんりな言葉「あれ」と「それ」　政権はママのもの

第3位　妻不機嫌お米と味噌汁「お・か・ず・な・し」　不幸な男

第4位　帰宅してうがい手洗い皿洗い　しゅうくりーむ

第5位　おもてなし受けてみたいがあてもなし　えんかつ

第6位　「イイネ」には、「どうでもイイネ」が約五割　ほんで？

第7位　やられたらやり返せるのはドラマだけ　夢追人

第8位　「オレオレ」に爺ちゃん一喝「無礼者！」　ビート留守

第9位　いつやるの？聞けば言い訳倍返し　受験生ママ

第10位　わんこより安い飯代ワンコイン　春の夢

二〇一四

消費税8%に引き上げ

第28回

平成26年募集

第1位 皮下脂肪資源にできればノーベル賞　イソノ家

第2位　湧きました妻よりやさしい風呂の声　湘南おじん

第3位　妖怪かヨー出るヨー出る妻の愚痴　こまさん

第4位　壁ドンを妻にやったら平手打ち　若ジイジ

第5位　記念日に「今日は何の日?」「燃えるゴミ!!」　FUTA

第6位　増えていく暗証番号減る記憶　なにが正しい

第7位　あゝ定年これから妻が我が上司　呼人《よびと》

第8位　オレオレとアレアレ増える高齢化　エビカニ

第9位　ひどい妻寝ている俺にファブリーズ　冷てえ!

第10位　充電器あったらいいな人間用　電池切れ

●主な出来事
1月　STAP細胞論文発表。**2月**　佐村河内守のゴーストライター事件。ソチ冬季五輪。**3月**　「アナと雪の女王」公開。**4月**　消費税8%に引き上げ。韓国「セウォル号」沈没事件。**9月**　御嶽山噴火。**10月**　日本人3名がノーベル物理学賞。**11月**　高倉健死去。

●新語・流行語
集団的自衛権、マタハラ、壁ドン、妖怪ウォッチ

二〇一五

流行語は「爆買い」

第29回

平成27年募集

第1位　退職金もらった瞬間妻ドローン　元自衛官

第2位　じいちゃんが建てても孫はばあちゃんち　川享

第3位　キミだけはオレのものだよマイナンバー　マイナ

第4位　娘来て「誰もいないの？」オレいるよ　チャッピー

第5位　福沢を崩した途端去る野口　サイの京子

第6位　カーナビよ見放さないで周辺で　トラ吉ジイジ

第7位　決めるのはいつも現場にいない人　七色とうがらし

第8位　妻が見る「きょうの料理」明日もでず　グルメ老

第9位　ラインより心に響く置手紙　豆電球

第10位　愛犬も家族の番付知っている　ワンワンマン

●主な出来事
1月　IS（イスラム国）が邦人2人を殺害。**3月**　北陸新幹線開業。**6月**　選挙権年齢が18歳以上に引き下げ。**9月**　安保関連法案成立。**10月**　TPP大筋合意。ラグビーW杯で日本が躍進。**12月**　新国立競技場設計やり直し案、ようやく決定。

●新語・流行語
爆買い、一億総活躍社会、五郎丸、ドローン、SEALDs

二〇一六

みんな踊ったPPAP

第30回

平成28年募集

第1位 ゆとりでしょ？そう言うあなたはバブルでしょ？　なおまる御前

第2位 久しぶり！聞くに聞けない君の名は　健忘賞

第3位 ありのままスッピンみせたら君の名は？　もうすぐ花嫁

第4位 同窓会みんなニコニコ名前出ず　まあちゃん

第5位 「パパお風呂」入れじゃなくて掃除しろ　家内関白

第6位 君の名はゆとり世代の名が読めず　くまねこもも

第7位 病院でサミットしている爺7　アキちゃん

第8位 ばあちゃんがオシャレにキメる通院日　ベラ

第9位 オレのボスヤフーでググれと無理を言う　田舎出身自衛官

第10位 職場でも家でもおれはペコ太郎　北の勝

●**主な出来事**

1月　日銀がマイナス金利政策導入。**3月**　民進党誕生。**4月**　電力小売りの全面自由化。最大震度7の熊本地震。**5月**　パナマ文書公開。**7月**　東京都知事選で小池百合子勝利。**8月**　リオ五輪。天皇陛下が退位の意向を表明。**11月**　パリ協定発効。米大統領選でトランプ勝利。

●**新語・流行語**

シン・ゴジラ、都民ファースト、神ってる

二〇一七

「インスタ映え」が流行を左右

第31回　平成29年募集

第1位 スポーツジム車で行ってチャリをこぐ　あたまで健康追求男

第2位 「ちがうだろ！」妻が言うならそうだろう　そら

第3位 ノーメイク会社入れぬ顔認証　北鎌倉人

第4位 効率化進めて気づく俺が無駄　さごじょう

第5位 電子化について行けずに紙対応　トリッキー

第6位 「マジですか」上司に使う丁寧語　ビート留守

第7位 父からはライン見たかと電話来る　アカエタカ

第8位 「言っただろ！」聞いてないけど「すみません」　中っ端

第9位 減る記憶それでも増えるパスワード　脳活

第10位 ほらあれよ連想ゲームに花が咲く　さっちゃん

●**主な出来事**
1月　「都民ファーストの会」発足。**2月**　金正男氏殺害される。**3月**　英国、EUからの離脱正式通告。**4月**　浅田真央、現役引退。**6月**　シャンシャン誕生。藤井聡太、公式戦29連勝。**7月**　森友学園前理事長夫妻逮捕。**11月**　第四次安倍内閣発足。横綱・日馬富士引退。

●**新語・流行語**
忖度、インスタ映え、フェイクニュース

二〇一八

平成最後の流行歌「U.S.A」

第32回

平成30年募集

第1位　五時過ぎたカモンベイビーU《う》S《さ》Aばらし　盆踊り

第2位　いい数字出るまで測る血圧計　とん吉

第3位　メルカリで妻が売るのは俺の物　島根のぽん太

第4位　ノー残業趣味なし金なし居場所なし　リトルプー

第5位　「やせなさい」腹にしみいる医者の声　べごちゃん

第6位　やっと縁切れた上司が再雇用　アカエタカ

第7位　手紙書き漢字忘れてスマホ打ち　忘却の人

第8位　下腹が気づかぬ内にひょっこりはん　のあ

第9位　U・S・A流行りにのれないまあいっさ　しん

第10位　叱《しか》っても褒《ほ》めても返事は「ヤバイッス！」　国語辞典

●**主な出来事**

1月　仮想通貨流出。**2月**　平昌五輪冬季最多メダル13個。**5月**　映画「万引き家族」カンヌ最高賞。**6月**　働き方改革関連法成立。潜伏キリシタン関連遺産が世界文化遺産に。**7月**　西日本豪雨。**9月**　北海道胆振東部地震最大震度7　**10月**　豊洲市場開場。**11月**　日産・ゴーン会長逮捕。

●**新語・流行語**

あおり運転、そだねー、おっさんずラブ

二〇一九

ラグビーW杯日本大会

第33回

平成31年募集

第1位 **我が家では最強スクラム妻・娘** コラプシング

第2位 パプリカを食べない我が子が踊ってる 一歳毎日パプリカビデオ

第3位 話聞け！スマホいじるな！「メモですが」 オジサン

第4位 おじさんはスマホ使えずキャッシュです リタイヤ組

第5位 たばこ辞めそれでも妻に煙たがれ 電子オヤジ

第6位 足りないの？そもそも無いよ2000万 老後が心配

第7位 登録がストレスだらけのキャッシュレス デビューじじい

第8位 ジジババも子育て参加ワンチーム 森の一抹の不安

第9位 ギガバイト時給いくらか孫に聞く 昭和残党

第10位 「早よ、帰れ！」言ってる上司が帰らない 勤務管理者

●主な出来事

1月 「嵐」活動休止発表。吉田沙保里引退。**3月** イチロー引退。**4月** 新元号決定。**5月** 新天皇即位。**6月** IWC脱退。**7月** 「京アニ」放火事件。**9月** ラグビーW杯。**10月** 消費税率10%に。首里城火災。**11月** 安倍首相の在職期間歴代一位。ローマ教皇来日。**12月** ゴーン被告、海外逃亡。

●新語・流行語

ワンチーム、タピる、サブスク、#KuToo

二〇二一

コロナを乗り越えろ!

第35回　令和3年募集

- 第1位
- 第2位
- 第3位
- 第4位
- 第5位
- 第6位
- 第7位
- 第8位
- 第9位
- 第10位

次回のベストテンはあなたかも?

度重なる緊急事態宣言に疲弊するニッポン。オリンピックを目前に、私たちの生活はどうなるのでしょうか?募集の詳細は令和3年9月頃（予定）に、第一生命よりご案内いたします（募集締切は11月の予定）。サラ川諸氏の力作のご応募を、心よりお待ち申し上げます。

サラリーマン川柳
にんまり
傑作選
やくみつる／島田駱舟／第一生命 選

サラリーマン川柳
いちおし
傑作選
やくみつる／島田駱舟／第一生命 選

サラリーマン川柳
よくばり
傑作選
やくみつる／やすみりえ／第一生命 選

サラリーマン川柳
さんのせん
傑作選
やくみつる／島田駱舟／第一生命 選

サラリーマン川柳
むちゃうけ
傑作選
やくみつる／やすみりえ／第一生命 選

サラリーマン川柳
ごくじょう
傑作選
やくみつる／やすみりえ／第一生命 選

サラリーマン川柳
やみつき
傑作選
やくみつる／やすみりえ／第一生命 選

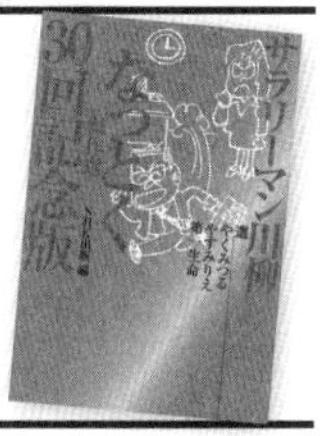

サラリーマン川柳
なっとく
傑作選
やくみつる／やすみりえ／第一生命 選

サラリーマン川柳
とびきり
傑作選
やくみつる／やすみりえ／第一生命 選

サラリーマン川柳
くらだし
傑作選
やくみつる／やすみりえ／第一生命 選

NHK出版の本

※品切れの場合がございます。

第一生命「サラリーマン川柳コンクール」のご案内

第一生命

「サラ川」傑作の数々に触れて、自分も応募してみたくなった方も、またライバルの名句を目のあたりにして、今年もいい句を作るぞ！　と気持ちを新たにされた方も、サラリーマン川柳について、少しおさらいしてみましょう。

　ここでは応募方法など「サラリーマン川柳コンクール」の流れを、簡単にご説明します。

●応募資格は？

　サラリーマンの方、主婦の方など、老若男女問わず幅広く参加いただけます。

●どんな内容の句を詠めばいい？

　自由です。一年を振り返ってみても、最近のことでも構いません。日々の暮らしの中で感じた嬉しいことや楽しいこと、つらいことでも悲しいことでも、ユーモアたっぷりにお詠みください。ただ、ご応募いただく作品は、未発表のものに限らせていただきます。

●いつ頃応募できる？

毎年、9~10月頃に、インターネットでご応募を受け付けております。ホームページは応募だけでなく、お役立ち情報も満載ですので、ぜひアクセスをしてみてください。スマートフォンから左のQRコードを読み取ってアクセスすることも可能です。

ホームページアドレス

https://event.dai-ichi-life.co.jp/company/senryu/index.html

●選考と結果発表は？

第一生命において選考委員会を設け、選考委員が「共感できる」作品一〇〇傑を選考・選出します。その一〇〇傑について、翌年1月下旬頃実施される「サラ川ベスト10投票」にて、全国のサラ川ファンの方に人気投票していただき、ベスト10を決定します。

投票結果は、5月発行予定の「第一生命サラリーマン川柳傑作二〇〇選」の小冊子（非売品）、ならびに第一生命ホームページでお知らせしています。

●雅号って？ 作品の取り扱いは？

雅号とは、いわば川柳作家のペンネームです。入選作品の発表は、プライバシー保護の観点から、雅号で行いますので、素敵な雅号を添えてご応募ください。また、ご応募いただいた作品の著作権は、第一生命（主催者）に属します。

表紙画　やくみつる
装丁　小森ネコ
校正　青木一平
編集協力　松井由理子
中村 伸
DTP　天龍社

サラリーマン川柳　いっしん傑作選

二〇二一年五月三十日　第一刷発行

編著者　やくみつる
やすみりえ
編者　第一生命
NHK出版

発行者　森永公紀
発行所　NHK出版
〒一五〇―八〇八一　東京都渋谷区宇田川町四一―一
電話〇五七〇―〇〇九―三二一(問い合わせ)
〇五七〇―〇〇〇―三二一(注文)
ホームページ　https://www.nhk-book.co.jp
振替　〇〇一一〇―一―四九七〇一

印刷　大熊整美堂
製本　藤田製本

Printed in Japan
ISBN 978-4-14-016281-1　C0092